正能量·美文馆

你若淡定，芳香自来

NI RUO DANDING
FANGXIANG ZILAI

主编●王国军

郑州大学出版社

图书在版编目(CIP)数据

你若淡定,芳香自来/王国军主编.—郑州:郑州大学出版社,2015.2(2023.3 重印)
(正能量·美文馆)
ISBN 978-7-5645-2134-9

Ⅰ.①你… Ⅱ.①王… Ⅲ.①散文集-中国-当代
Ⅳ.①I267

中国版本图书馆 CIP 数据核字(2015)第 006138 号

郑州大学出版社出版发行
郑州市大学路 40 号　　邮政编码:450052
出版人:孙保营　　发行部电话:0371-66658405
全国新华书店经销
三河市鑫鑫科达彩色印刷包装有限公司印制
开本:710 mm×1 010 mm　1/16
印张:13
字数:194 千字
版次:2015 年 2 月第 1 版　　印次:2023 年 3 月第 2 次印刷

书号:ISBN 978-7-5645-2134-9　　定价:42.00 元

编委名单

序

曾和一群朋友讨论过，什么样的生活是我们想要的。我想，这种生活，首先是自由的、快乐的，令人满意的，并且能通过自己的双手演绎得精彩无限。

也许每个人都希望自己是幸运的，做什么事情都一帆风顺，但命运这架天平的砝码，却永远掌握在自己的手里，想要多好的生活，就应该付出多大的努力。中间多艰难不要紧，只要肯努力，总会有一条路能走出精彩。

但很多时候，看到别人被鲜花和掌声簇拥，很多人并不去想那掌声和鲜花背后的汗水和泪水，却总是怨恨老天的不公，哀叹自己的怀才不遇。仔细想想，没有奋斗，哪来的成功？因此，不要羡慕别人的成功，不要埋怨自己付出了却没有收获，应该静下心来，想一想，你真的为你的梦想做到问心无愧了吗？

我们来看看这个奋斗的"奋"字吧，上下拆开，就是"一""人""田"三个字。你想想啊，一个人在一块很大的田地里劳作，能不辛苦吗？可是，也只有辛苦劳作，才会有收获，才会有成功。任何成功都不是平白无故而来的，不是躺在家里做白日梦就能得来的，必须"奋斗"才行。"奋"是一种态度、一种气魄、一种谋略，而"斗"却是实干，是争取。

当然，要想成功，也并不是仅靠奋斗就行的，还要善于把握机遇，人生总有很多偶然，每次偶然也都是一次机遇，只要抓住其中一次机会，坚持不懈，就能改变自己的命运。

编选"正能量·美文馆"丛书，是我们响应广大读者的阅读要求，新扩展的贴近生活、贴近心灵的系列图书，也是一套教你排除负面情绪，掌控正向能量的心灵之书。"正能量·美文馆"丛书共计十卷，精选《读者》《青年文摘》《格言》《知音》等知名杂志作家最温暖人心的心灵美文，作者涵盖朱成玉、王国军、刘清山、包利民、马浩、鲁先圣、孙道荣、清心、古保祥、崔修建、侯拥华、纪广洋、凉月满天、张军霞等人。

这些精选的美文内容生动、充实，或出自你我身边，或源自经典案例，或来自于内心深处的思想结晶，在这些文字中，你可以感悟青春，体验爱，领略成功的魅力……

编者

2014 年 8 月

目录

第一辑

放手的爱，不放手的情

第二辑

寻找大海的最佳途径

第三辑

你的天堂春暖花开了吗

第四辑

奔跑的蜗牛

第五辑

有些温暖,始于尊严

第六辑

一只蓝色鸽子的忧伤

第一辑

放手的爱，不放手的情

丁香的叶子很苦，而花朵却是那样香甜。母亲就如那苦苦的树，而她就是树上最香的花。最苦的树开最香的花，像极了眷眷的亲情，而那花香悠远绵长，浸透了整个生命！

生命的坚韧

纪广洋

在广西柳州的鱼峰山下，我遇到一位乞讨的老者，竟然是二十年前曾在鲁西南一带沿街乞讨、千里寻孙的那个郑老汉。当时，就被人们称为“郑老汉”的他，而今已七十有余，他的孙子丢失了将近三十个年头。他老人家是如何一步步、一天天、一年年从黑龙江克东县来到鲁西南，又是如何从鲁西南横跨千山万水，横跨二十余年的风风雨雨，一个省一个省、一个县一个县、一个村一个村地四处打听，苦苦寻觅着走到这大西南的呢？

面对他饱经风霜的面容、焦虑忧郁的双眼和依然硬朗的身板，我忽然意识到亲情、牵念和爱心是如此韧若蒲丝、无可替代，而个体生命在血脉的牵引下又是如此顽强和不可思议；同时也意识到这世间是如此不可捉摸、善恶多变，众生竟又如此命运多舛而千差万别。

郑老汉是在一个夏天的傍晚把孙子给丢失的，当时他的儿子和儿媳下地干活还没回来，孙子却哭闹着先睡了。郑老汉到厨房做饭的工夫，孙子转眼不见了。因为当地很少有狼等凶残动物在附近出没，郑老汉便认定是歹人把孩子给偷走卖掉了。全家人疯了似的四处寻找，并到当地派出所报了案。可是，三个月过去了，半年过去了，他丢失的孙子仍是杳无音信。郑老汉终于坐不住了，他悄悄告别所有的亲人，孤身一人、身无分文地踏上了漫漫寻孙路。先是每过三个月，后来每过半年，再后来每过一年，他就到当地的派出所或政府机关，让他们给家乡的派出所或村委会挂个电话，询问他的孙子是否回家了……

当我抓着他的手，反复说我就是当年那个最爱吃凉馍的小连子时，他另

一只手中的缸子一下掉到地上，但他那只手仍在我面前颤抖着、迟疑着，似乎仍不敢相信这是真的，或者是不敢碰已长大成人、西装革履的我？我再也抑制不住自己的感情，紧紧抱住了他的胳膊。

他老泪纵横地一边端详着我，一边嘟囔着："我孙子比你小不了几岁，也该长得像你这样了……"据他说，他已寻遍了近二十个省市的角角落落。他孙子的前额有一个"V"形的伤疤，眼角有一个明显的黑痣，凭此他定能认出自己的孙子，哪怕他会一天天地长大……至今他对此仍深信不疑，充满热望。

切切的交谈引发我对往事的回忆——大约是1974年冬季的某个傍晚，天上正纷纷扬扬地下着雪，一个有些驼背的乞讨者，在我送给他一个热乎乎的煮地瓜后，仍不肯走，看看我家厨房又看看我，然后小声对我说："你去问问你家大人，我能在你家厨房里住一晚么？"

于是，我母亲给他盛碗热汤，我父亲给他拿来棉衣（他没留，说是自己带来棉被了），我哥哥给他抱来麦秸……本来打算住一宿就换地方的他，在我家一住就是十多天。在这段时间里，他以行乞的方式寻遍了附近的村村落落。我出于好奇，也出于童心无忌，和他混得很熟，他经常把一些从各家要来的白的、黄的、黑的零零碎碎的凉馍给我吃，我总是吃得很带劲，他总是看着很开心。我最爱听他讲大黑熊和白脸狼的故事，有时听得入了迷，母亲喊几次都不愿回房里去睡觉。

后来我还知道他的老家在我们山东，在他父亲那一代闯关东去了黑龙江。他膝下一儿一女，老伴早逝，儿子结婚生子后，他视孙子为全家的未来和希望。平日里，隔代亲使他和孙子亲密无间、形影不离。谁知，孙子刚过完三岁生日没几天，就从他身边丢失了。

今天，我才知道，在他走出家门寻孙以来，在我家所住的那十多天，是他在一个村庄里逗留时间最长的——一是因为全家人对他的容留和照顾，二是因为再往南走就要走出山东了……按他现在的话说"不知能活到今天，当时尽管寻孙心切，对老家的土地竟也是那样留恋"。

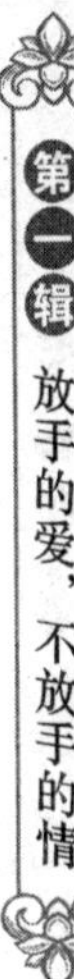

这时，我注意到，他现在用的拐杖，竟还是那根我为他把一小节钢管固定在底端的打狗棍，那节钢管似乎已磨去许多。他的背也比当年驼得更很了。

面对寻亲无望、有家难回的郑老汉，我心中云集着别样的情感和酸痛。他告诉我，找不到孙子，到死他也不回家。我的眼底一阵阵潮热。

临别，我把手伸向自己的衣兜，准备给他点钱。他好像看出了我的意思，没等我掏出来，他竟对我说："你出这么远的差，盘缠够用么？出远门千万别苦着自己，从我这儿拿点吧。"他一边说一边从腰里掏出一个卷得紧紧的小塑料袋……

我心里酸酸的，眼里的泪终于流下来。

后来，当我准备借助媒体的力量帮郑老汉寻找失散多年的孙子时，却从郑老汉的儿子处获悉一个意外的情况：在孩子丢失 13 年后，一个猎人在离郑老汉的家很远的一个非常隐蔽的山洞里发现了孩子的手镯、凉鞋和遗骨，证实孩子是被恶狼叼走的。

但是，郑老汉的儿子思虑再三还是决定对父亲保密，他怕父亲承受不了这一打击，还不如让他带着寻孙的希望和心愿浪迹天涯、安度余生。

放手的爱，不放手的情

包利民

1998 年夏天，大学毕业的我四处奔波找工作，却屡屡碰壁，短短几个月的时间，初出校门时的豪情便已消磨殆尽。看惯了那些白眼后，我把心也厚厚地裹藏起来。直到终于倦了，便索性给自己放假，想过一段属于自己的清闲时光。

那时常去松花江边钓鱼，提酒携樽，纵情山水，鱼没钓到几条，酒倒是喝了不少。有时看着满江飘零的黄叶，心中便会有隐隐的失落感。一天天地看着江水涨起来，水位慢慢地与大堤持平，到处都是忙碌的人，往大堤上垒沙袋。一些险处的江段，已禁止垂钓。一天中午，我在钓鱼的时候，开来了几辆车，没收了我的渔具，并把我带上车，接受教育。我正心中惴惴不安，一个领导模样的人对我说："水灾来临的时候，你还这样清闲，和我们一起去江边的村子里做防洪转移的动员工作吧！"我释然，反正闲得无聊，这应该比钓鱼有趣多了。

这一段江边，散落着十多个村子，村民们的工作很难做，让他们搬家，就像拉他们上刑场一样。是的，他们不愿意离开自己的村子，虽然只是暂时的，他们不相信水会淹没他们的家乡，几十年了，也涨了多次的水，都没有什么大事。半个月前就开始动员他们搬家，可是，绝大多数的人还是抱着侥幸的心理留了下来。因为，如果搬走，养的牲畜带不走，地里待收的粮食带不走，而这些，都是他们赖以生存的东西。所以忙了几天，费尽唇舌，我们却收效甚微。

有一天夜里，江水终于撕裂了大堤，沿岸立刻成了一片汪洋。我们工作组的成员都住在大堤上的帐篷里，于是敲响了几面铜锣，向不远处的村民示警。有不少人跑上大堤，有人甚至连衣服都没来得及穿，极其狼狈，还有更多的人被困在村子里。两个小时后，县里开来了两艘救生船，我们上了船便向最近的村子开去。黑沉沉的夜色中，到处都是呼救的声音，而水面上浮浮沉沉的，是许多家畜。我们不停地从树上房顶把人救到船上，送回大堤。由于夜色太浓，还不知有多少人被水包围着。而水依然在上涨，有的村子只剩下了黑乎乎的几个房顶。

天放亮的时候，更多的船开来了，搜救工作也进展得快了些。在这个过程中，有许多场景震撼着我的心。有一个小孩双手紧紧地抓住露出水面的一截木杆，把她拉上来，她却指着水下喊着“爸爸妈妈”。而水下，已死去多时的父母还在死死地靠墙扶稳那根木杆！在一根漂浮的木头上，我们救下了一个女人，她上船后哭着说，为了不让木头沉下去，她的丈夫松手落入水底，留给她今生今世最后一个微笑……

随着船的行进，我的心越来越沉重，每个人的眼中都蓄满了泪水。我们到了离大堤最远的村子，此时天已大亮。这里的水也已淹到房檐了。船开进了村子，很少见到人，这里的水来得相对慢些，人们有时间逃生。忽然，我们发现在一个房顶上竟站着一头牛，不知是否有人在上面，于是我们把船开过去。离得近了，看见果然有人，一个老人和一个中年人，他们正蹲在房顶抽烟。就在这时，那头牛一抖，顺着房草向水中滑落，老人和中年人同时伸手，各抓住了牛的一条后腿，而他们的另一只手，则紧紧地抠住房脊。没坚持片刻，中年人抠住的房脊便脱落了，老人大喊：“快放手，别管那牛！”可中年人依然紧抓着牛腿，另一只手兀自胡乱地抓着。老人见状，忙松开抓住牛腿的手，一把攥紧中年人松脱的那只手，大喊：“快放开老牛！”中年人说：“爹，你就这一头牛！”

我们的船开过去，把两人一牛都救了上来。老人上了船还在骂着中年人：“你不要命了？”中年人嗫嚅着说：“可是我怕那牛没了……”我们也觉得奇怪，便问：“都这么危险了，怎么还顾着这牲口？”中年人叹了口气说：“俺们

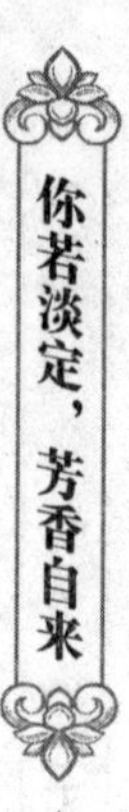

家穷，俺的孩子又多，连自己家都养不过来，更别提给俺爹养老了。爹也心疼俺们，从不向俺们要一分钱，那么大岁数，就指着这头老牛活着。要不是为了这牛，俺们早跑了。所以刚才在房上，俺是不会放手的，没了牛，俺爹可咋活呀！”老人抚着儿子的头说：“牛没有了爹还饿不死，儿子没了，爹活着还有啥意思！我都放手了，你还不放，这小子从小就傻呀！”我们的心忽然充满了感动，在浩荡的秋风阔水中，我感受到生命中从未有过的震撼。

那场大水过后，我又一次离开家乡四处奔波，心中却再不是冰冷与绝望。是的，松花江的那场大洪水，也冲毁了我心中的长堤，四处漫流的是生命中最真挚的情，最美好的爱！

学会跟自己比赛

崔修建

凯恩出生在美国俄亥俄州的一个小职员家中。此前，他的父母桑德斯夫妇已经为他生下了两个哥哥和一个姐姐。桑德斯夫妇虽然都是当地冶金公司的普通职员，似乎后半生也不会有什么大的成就了，但他们很骄傲——三个孩子都很聪明，学习成绩都很优秀，又各有特长，谁都相信他们将来一定会有出息的。桑德斯曾不无自豪地向邻居们夸口："我的孩子一个比一个棒，他们都会成为国家的栋梁。"

然而，桑德斯夫妇怎么也没想到——他们的小儿子凯恩居然一点儿也不像他的哥哥姐姐。一生下来，他就呆头呆脑，手脚笨笨的，做什么都比同龄的孩子要慢半拍。上小学了，凯恩较低的智商进一步显现出来，他不仅比他的哥哥姐姐当年的表现要差许多，甚至连镇上那几个桑德斯不屑一顾的笨孩子都赶不上。

每每看到凯恩做事总比别的孩子差那么一大截，桑德斯便会急切地批评他："你的数学不如比特，你的绘画不如玛莎，你的体育不如约翰，你的语言不如弗朗斯……总之，跟别的孩子比，你差得太多了，你要向他们学习，要追赶他们。如果你赶不上他们，真不知道你将来的生活会是多么糟糕。"

凯恩也很苦恼自己不像哥哥姐姐那样聪颖，他也曾千方百计地努力过，也曾试过"笨鸟先飞"，但效果总是不大明显，无论他怎样试图把事情做得更好，有时甚至付出了很大的代价，但仍然赶不上别的孩子，他们似乎做什么事情都很轻松，而且做得都那么好。这让他很苦恼、无奈，凯恩心中蒙了一层挥不去的阴影。

凯恩在读小学期间，几乎成了各科老师特别关照的“笨孩子”，老师们总是不厌其烦地给他选定追赶的目标，焦急地期待他能有所进步。在那几年里，充斥他耳朵的总是这样的话：凯恩，你向某某学习学习，看看人家计算得怎么那么快；凯恩，你跟某某比比，人家怎么能把文章写得那么流畅；凯恩，你再努力一下，你跟某某比比，人家成绩怎么提高得那么快；凯恩，你要是能追上某某，你就能够考上大学……诸如此类激励的、批评的、焦虑的、关切的劝导和教诲，陪着他走过了一年又一年。尽管他很卖力地追赶，但他还是几乎在所有方面都落在别的孩子后面，他仍是令老师们失望的“总也赶不上其他同学”的那一个落伍者。而接连不断的追赶失败，也让凯恩幼小的心灵中弥漫了失败的感伤，他常常呆呆地坐在角落里自责。

凯恩升入中学后，桑德斯带他到纽约找权威医生做了诊断，才知道除了智商偏低外，他还患有动作协调障碍。从此，桑德斯夫妇对他不再抱过高的期望，只要凯恩将来能够自食其力，他们就心满意足了。

凯恩在八年级的时候，遇到了影响他一生的杰西卡老师。她出身高贵，毕业于宾夕法尼亚大学，她有着渊博的学识，更有一颗仁爱、智慧的心，在她的眼里，每个孩子都是一粒饱含希望的种子，都有生长的权利和自由。她从来不像凯恩的父母和其他老师，叫凯恩像别的孩子那样如何如何，总是笑容可掬地鼓励他：“别着急，慢慢来，不用跟别人比，你只要按着自己的方向努力，相信你会一天比一天做得更好的。”

一天，凯恩在数学考试中又成为全班唯一的不及格者。放学后，凯恩难过地找到自己最敬佩的杰西卡老师，不好意思地低垂着头：“老师，我太笨啦，我总是比不过别的同学。”

“亲爱的孩子，谁说你笨啦？你这次考试就比过了一个同学，很有进步啊！”杰西卡慈爱地抚摸凯恩的头。

“我比过了一个同学？”凯恩不解地抬头望着杰西卡老师。

“是的，你这次考了 58 分，比上次多考了 10 分，你这不是超越了自己吗？”杰西卡微笑着注视着凯恩的眼睛，告诉他：“孩子，记住，最重要的是要学会跟自己比赛，只要你不停地追赶和超越你自己，你就是在不断进步着，你就是可爱、可敬的，你就没有必要自卑地低头。”

“学会跟自己比赛”，凯恩在心中默默地“咀嚼”着杰西卡的赠言，走出教学楼，金色的阳光立刻簇拥了他。刹那间，他的心中仿佛也涌入了一抹明媚的阳光。他茅塞顿开，原来自己这些年来不快乐的原因，就在于他总是在跟别人比赛，总是停留在失败的阴影里，却忘了学会跟自己竞赛，忘了学会一天比一天进步一点点，学会享受本属于自己的那份快乐。

桑德斯夫妇十分惊讶地注意到，昔日经常愁眉不展的凯恩，突然间像变了个人，他每天都昂着头，挺着胸，嘴里吹着快乐的口哨，一副命运在握的自信神态。他学唱歌，虽然依旧常常跑调，可唱得很投入，一副怡然自得的模样；他练长跑，虽然速度还是那么慢，但他天天坚持，比哥哥姐姐们还有毅力……

一天，凯恩在家里认真地做他的手工制作课作业——做一个简易的小板凳。忙活了一整天，弄了满地的刨花、碎木料，他做出了一个很粗糙的小板凳。哥哥比特见了，不禁嘲笑道：“凯恩，这世界恐怕再也找不到比这更糟糕的板凳了。”

“不，还有比这更糟糕的。”说着，凯恩从外面拿来另一个板凳，自豪地告诉哥哥：“这是我做的第一个，连它也不能算是最糟糕的，因为以前我还不会做呢。”

哥哥哑然，他心里承认凯恩说得有道理。父亲桑德斯走过来，第一次赞扬儿子：“孩子，好样的，你确实很棒！告诉我，谁教你这样看问题的？”

“是杰西卡，一个世界上最好的老师。”凯恩快乐地向家人讲述了有关杰西卡的事情。

“那真是上帝派来的一个好老师啊！”桑德斯由衷地感叹道。

从此以后，全家再没有一个人说凯恩笨了，他们开始经常对凯恩说的是这样一句充满激励与赞赏的话：“凯恩，你做得的确比以前更好啦！”

奇迹在慢慢地诞生，凯恩的功课不再总是倒数第一，而是在缓缓地提

高，虽然不像别的同学那样明显，但他的进步却是毋庸置疑的。高中毕业时，他竟然还接到了一张大学录取通知书。通过几年的刻苦努力，他虽然没有哥哥姐姐们的学业那么优秀，但他在投资和金融方面，却显示出了较为敏感的能力，更为重要的是他培养出了坚韧的品格、顽强的毅力和积极进取的良好心态。25 岁那年，他拥有了自己的房地产公司。此后的几十年间，他将公司的业务扩展到六个州，建造了上千座高楼大厦，成为著名的“房产大亨”。

如今，凯恩耀眼的光环，几乎完全遮住了他那几个很优秀的哥哥姐姐。

一天，桑德斯又在感慨：“真没有想到啊，当初谁都比不过的凯恩，如今竟然获得这么大的成功。”

凯恩在一旁认真地纠正道：“不！父亲，我当初也能比过一个人，那就是我自己。”

没错，凯恩虽然天赋不佳，但他是一个能够不断地跟自己比赛，不断地追赶和超越自己的人。他的成功，固然与他自己长期不懈的努力密切相关，但还有一点是非常重要的，那就是他遇到了杰西卡老师，遇到了一个引导他走出成长误区的良师。是杰西卡那句“学会跟自己比赛”的睿智点拨，驱散了他心头因一味追赶他人而带来的挫败感和无尽的烦恼，培养了他顽强进取的自信，让他一点点地走向了人生的成功。

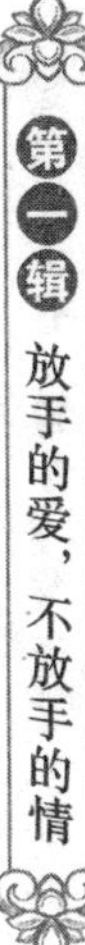

错出来的一条河流的前世

石　兵

无数次，他都在这条奔腾的河流前犹豫不决。河对面有一道流光溢彩的岸，河上却没有桥，对岸的花香鸟鸣与他没有任何关系，与他为伴的，是无尽的荒芜与悲凉。

自从12岁那年成为孤儿，他就再也没有踏进过这条河。他永远也忘不了，在那个波涛汹涌的下午，横跨30米长河的小竹桥上，他和父母在人群裹挟中正在奋力前行，突然，窄小的竹桥响起令人心悸的碎裂声，他甚至还来不及叫一声，就跌入了冰冷的河水，呛了几口水之后，他开始下沉。就在这时，一只有力的手臂托住了他的左脚，随后一股大力传来，他不断下坠的身体开始上升，白花花的河水在耳际哗哗作响，他本能地扑腾着双手，奋力向上挣扎着，仿佛过了几个世纪的时间，他才冲出水面，刺目的阳光让他脸上一暖，随后，那只一直托举着他的手松开了。

那一次，河流带走了17个人，其中，就有他的父母。父亲的尸体被打捞上来时，双手都攥得紧紧的。他看到，父亲的右手紧紧握着一只鞋，那是一只左脚鞋，他顿时想起那只托举他左脚的有力大手，怪不得那只手感觉如此熟悉。他强抑住悲痛，打开父亲的左手，却发现，那只手里握着一枚金灿灿的戒指。他想起来了，这是父亲用打工2年赚回的钱为母亲买的金戒指，是家中最值钱的东西。恍惚间，他终于明白，父亲为了救他，放弃了救母亲的机会，而母亲似乎已经预知了结局，便把最珍贵的东西留了下来，留给了他们唯一的儿子。

那一天过后的日子里，他常常会做同一个梦，梦中那座拥挤的小桥缺失

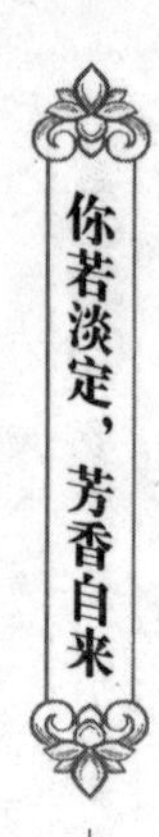

了色彩，变得冷寂无比，那如裂帛般刺耳的竹桥碎裂声穿过哗哗的流水，让他无数次一身冷汗地惊醒，而醒来后的世界却更加沉寂，没有母亲温暖的手掌为他擦拭额头的冷汗，没有父亲有力的大手为他整理柔软的被子，只有无边的寂静，让他的哭声在漆黑的午夜显得格外刺耳。

逝者已矣，但他还要活下去，除了继续上学，他还要学会养活自己。父母给他留下了一些钱，但还不够，他必须下地干活。家里有3亩地，在亲戚邻里的帮助下，他很快熟稔了各种庄稼活，变得忙碌起来，但是，一有空闲，他总会一个人来到河流前默默伫立。

渐渐地，他长大了，他的学习出奇的好，考上了远在县城的重点高中。在离家之前，他再一次来到那条河流前。那是一个黄昏，看着浪花翻滚的美丽河流，他突然发现，天际的火烧云倒映在河水中，竟然呈现出一种难以言喻的色彩。那红红的河流，温暖涌动，亲切和煦，多么像父母慈爱的笑容啊。他禁不住冲下河堤，用双手捧起了一汪河水，那河水竟然是温暖的，他把脸深深埋入其中，河水混杂着泪水，在脸上汹涌地奔流起来。

3年后，北京的一所大学录取了他，此时，距离父母离他而去那一天，已过去整整10年。这一次，他要彻底地离开家乡了，从此以后，再也不能周末回来侍弄庄稼、清扫房屋了。

在赴北京求学的前夜，他没有回老屋，而是睡在了呜咽的河流身边。10年前，也曾有那么一个夜晚，他睡在河流的堤岸上，当时的他心中只有一个想法：如果在睡梦中翻身落河，那就结束自己的生命，如果第2天醒来仍然在岸上安睡，那么，就是父母不希望他进入这条河流吧，就要好好地活下去。后来的日子虽然很苦很累，虽然他也曾再次在河边犹豫不决，想要纵身一跳结束这痛苦的人生，但想起那一夜的誓言，他还是坚强地活了下来。

夜，漫长无比。这一夜，他失眠了，恍惚中，他想起了10年前那个悲剧发生的时刻，没有人会知道，那一天，如脱缰野马一般的他正在逃学途中，他想要跨过那条河流，追寻彼岸虚幻的光彩，闻讯而来的父母正是随着他踏上了那座摇摇欲坠的竹桥。

想着想着，他的眼睛模糊起来，突然，他看到河流深处，竟然有微弱的光亮闪起，那微光随河流荡漾着，轻拂过他心中的疼痛，竟将那铭心刻骨的伤痕渐渐抚平了。

他终于找到了心中的答案。原来，河流的前世竟是一盏灯，与他的人生魂梦相依，河流与灯盏交相辉映，纵然光芒微弱，纵然暖意朦胧，依然能照亮一颗心的最深处，依然执着融化着冰冷的世情；而在那匆促的河流深处，一盏灯的荣光，将在每一次光阴轮转处厚积薄发，激荡出朵朵浪花，绽放出彩虹般的光彩。

他知道，那河流带走了父母，却留下了他们的爱，那爱以一盏灯的姿态存在着，跨越前世，照亮了他的一生。

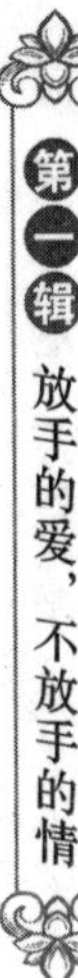

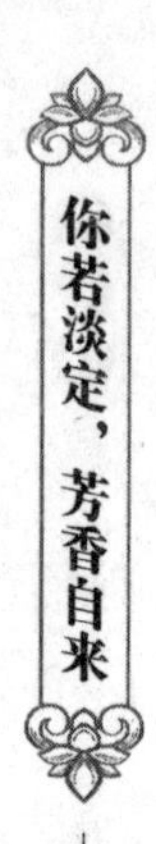

方寸世界，我曾为你痴迷

陈华清

因为哥哥的缘故，我跟邮票结上缘。在这个方寸世界里，我曾经驻足流连，曾经如痴如狂。集邮，丰富了我的童年生活，也开阔了我的视野。

哥哥喜欢集邮，收集的邮票有好多本，这是他的骄傲，也是他炫耀的资本。小时候住在公安局大院里，哥哥和院子里的伙伴经常在一起交换邮票、研究邮票，很是痴迷。他们聊起邮票滔滔不绝，上至天文，下至地理，知道的知识真多。扎着两条小辫子的我，时常伸长脖子，猫着腰站在旁边观看，睁着好奇的眼睛，听得津津有味，稚气的脸上写满了敬佩。

日积月累的耳濡目染，令我也喜欢上这个花花绿绿的方寸世界。小小的邮票，告诉我外面世界有多开阔宽广，各地的风土人情有多丰富多彩，祖国各地的山山水水有多秀丽迷人，中国的历史有多悠久浑厚……

见我也那么喜欢邮票，他们偶尔把多余的邮票送给我，哥哥还送我一个集邮册，叫我也收集邮票。我如获至宝，把他们送给我的邮票小心翼翼地放进去。一有时间，就不厌其烦地拿出来整理，如痴如醉地欣赏。

于是，我还没开始上小学，就学会收集邮票。

爸爸当时是公安局的一个领导，他的信件比较多。我常常翻他公文包看看有没有信封，一发现有喜欢的邮票马上两眼放光，迫不及待地用剪刀剪下邮票，放进水里浸泡，然后撕下邮票，把它放进书里让水分充分吸干。干了的邮票就用镊子夹进集邮册。

爸爸的邮票毕竟有限，我跟哥哥他们一样把目光投向公安局的收发室。寄到公安局的信首先放在收发室，然后再分派到各个科室。

我们商量怎么偷邮票。“妹妹你负责引开张伯，我来掩护，小胖、阿明，你们趁他不注意就撕下邮票，再把信封放回原处”。我们分工合作，就像作战，大家既兴奋，又紧张。

“战斗”开始了，我紧张得手心手背都是汗，说话直哆嗦。幸好张伯跟我熟悉，不用多大工夫就引开他了。小胖的任务也完成了。可惜我们功夫不到家，邮票老是被撕坏，邮票破损了就没有什么价值。于是大家苦练“撕功”。功夫不负有心人，到后来，我们能做到把邮票“毫发无损”地撕下来。

一次，我们“撕票”正欢，给张伯逮个正着，他像老鹰捉小鸡那样拎着小胖：“我说这邮票怎么老是没了，原来是你们这些小鬼！以后再来偷邮票，把你们抓进监狱！”我吓得浑身发抖，大气都不敢出。

这以后大伙不敢再到收发室偷撕邮票了。收敛几天后，始终无法抵住“方寸世界”的诱惑，大家故伎重演。张伯突然像幽灵似的出现在我们身后，重重地拍拍我们肩膀，吓得大家魂飞魄散。这回可没那么幸运，他把状告到家长那里。我和哥哥被爸爸狠狠地打了一顿。小胖更惨，好几天都是一瘸一拐地走路。

此后，我们再也不敢到值班室偷邮票了。不过也因祸得福，爸爸和其他干警知道我们痴迷集邮，常把处理过的信封给我们。

那时，最令我高兴的事，是收集到喜欢的邮票；最爱做的梦，是拥有数不清的邮票；最常做的事，是跟小伙伴聊邮票，交换邮票。

到了三年级，我早已学会到邮政局购买邮票，到集邮市场交换邮票，同时也结交了更多志同道合的集邮爱好者。集邮成了我生活的重要部分，我宁愿不要漂亮裙子，也不能没有邮票。那时我的零花钱几乎都用来购买邮票，连买一支冰激凌的钱都没有了，穷得只剩下邮票。

有一次妈妈叫我去买油盐。“快去快回，还等着用来炒菜。”妈妈一再叮嘱。我逛着逛着，居然又拐到邮政局。见到邮政局人头攒动，我也跟着进去，原来是发行新邮票了。我忘记妈妈的叮嘱，也赶快排起队来。我买了新邮票，花光了钱，一路喜滋滋地小跑回家。“怎么这么久才回来？客人还等

着吃饭呢。”妈妈盯着我空空如也的手，面露愠色。我这才想起买油盐的事。

哥哥后来到了部队。他常常给家里写信，鼓励我要集邮，也要好好学习。每次收到他的信，我都像过节一样高兴，因为信封上贴的都是最新发行或是他收藏的邮票。那些年，光是收集哥哥寄信的邮票就有好几百张。这叫我的小伙伴又羡慕又嫉妒。

我喜欢跟同学通信，因为这样可以交换邮票。不集邮的同学，我则叫他们回信时把邮票放进信封寄给我。小清是我最好的小伙伴，跟我同名同姓，我还因此改名。我转到其他学校读书后，我们常常通信。开始她回信很勤，后来石沉大海。我急了，一查，都是我的笔迹惹的祸。原来，老师看我写的字龙飞凤舞，苍劲有力，根本不像出自女子之手，杯弓蛇影地怀疑是男子写的信。早恋可是违反校规的，于是老师统统把信扣压下来。而我不知情，一而再、再而三地写信。想起那些不可能再要回来的邮票，我的心痛了好久。

现在，我对邮票早已不痴迷，甚至有些冷落，但童年时代对集邮的痴迷，邮票带给我的快乐，却是一段美好的回忆。

爱不在别处

梦 芝

中午吃完饭，我刚想午休，家里突然响起了门铃声。打开门，发现邻居张姐和一个帅气的大男孩站在门外。看见我，那男孩客气地和我打招呼："王姨，您好。"我根本就不认识这个男孩，不禁愣在当场。张姐笑着说："这是我的表侄啊，前几年在我家，你给他讲故事的那个男孩。现在他已经考上市里的一所重点高中。"望着眼前这个阳光帅气的男孩，我的记忆瞬间被勾起，脑海里闪过3年前的那一幕。

那天傍晚，我带着儿子小涵去小区里散步，正好碰到邻居张姐，她领着一个男孩。张姐告诉我，这是她远在外县的表弟家的孩子。男孩瘦瘦高高的，脸上挂着一层稚气。初到一个陌生的地方，他却并不拘谨，很快就和小涵玩在了一起。

看着他开心的笑容，我有些纳闷地问张姐："他今年几岁？现在也不是假期啊，怎么不在家上学却跑出来串亲戚？"

张姐叹了一口气，告诉我，这个男孩今年才13岁，本是初一的学生，但因为前两天和父母闹矛盾，于是离家出走，一个人来到这儿投奔表姑家。听了张姐的话，我忍不住多看了几眼这个男孩。察觉出我的审视，男孩抬起头来毫不躲避地看向我。

我问他："你一个人出来，父母会不会担心？"

男孩摇摇头，干脆地回答我："他们才不会担心呢。他们不让我玩游戏，每天还逼着我参加各种学习班，他们根本就不爱我。我再也不回去了。"孩子决绝的语气让人哭笑不得。

我对男孩说："孩子，其实天下没有人比父母更疼你。他们所做的一切都只是希望你能有一个好的人生。"男孩撇撇嘴，低下了头。

张姐无奈地摇了摇头，把我拉到旁边低声说："对于他，我也劝过，也唬过，但都无济于事啊。梦芝，我知道你平日里写文章，懂的道理多，你帮我劝劝这个孩子吧。"

我望着眼前的男孩，这个年龄段的孩子其实道理都懂，只不过是处于叛逆期，正面劝说一定会激起他的反感，反而是旁敲侧击更有效。我想了想，问他："你听说过巴格达人做梦的故事吗？"男孩摇了摇头。

"我知道，我知道。"听我说故事，小涵顿时来了兴趣。他对男孩说："我妈昨天才给我讲了这个故事。我来讲给你听。在《一千零一夜》中，有一个巴格达人做了一个梦，梦中有人对他说，'你的财富在开罗'。于是那人便不辞艰辛地来到开罗，谁知到了开罗他却并没有找到财富。后来，他遇到一位老人，听了他来开罗的原因后，那老人哈哈大笑。老人告诉他，自己也做过一个梦，梦见在巴格达某个院落里的一棵大树下藏着一笔财富。巴格达人惊讶地发现老人描述的院子和他的家很相似，于是他赶回家，果然在后院的树下挖出珠宝。"

"这是什么意思？"小涵的故事不但没有让男孩豁然开朗，脸上反而露出几分迷茫的神色。

我还没有开口，小涵已经抢答："你真笨啊。这个故事是说，很多人都以为珍贵的东西在外面的世界，所以都跋山涉水，四处去寻找。其实却不知道，最珍贵的东西却在自己身边，是自己一直拥有的。"

男孩若有所思地低下了头。第2天他便回家去了，后来就没有了他的消息，而我也几乎把这件事情忘掉了。没想到几年后，他竟然考上重点高中。

"王姨，谢谢您。当初如果不是您的那个故事，我只怕永远也不会明白这些道理。"男孩的话把我的思绪拉回来，只听他有些腼腆地笑着说："其实父母一直深爱着我们，他们所做的一切都是为我们好，只不过是我们身在其中却不自知，还要嚷嚷着去外面寻找爱，幸亏您的故事点醒了我。"听了男孩的话，我和张姐都欣慰地笑了。

苏轼有句古诗“不识庐山真面目，只缘身在此山中”。巴格达人守着财富却去开罗寻找财富，男孩拥有父母满满的爱，却偏要去外面寻找爱，都只是缘于他们“身在此山中”。

其实，我们平常不也经常犯这样的错误吗？总以为自己想要的幸福在远方，于是背起行囊，告别爹娘，行走远方。但走遍千山万水，却发现能让自己的心灵快乐和安宁的东西，就在最初的出发点——那个被称之为家的地方。

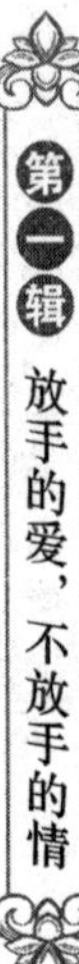

砚台

马浩

从前,一位番邦使者来到中国,朝堂之上递呈国书,皇上一看,满纸的鬼画符,愣是不识一字,传阅文武百官,也都面面相觑,一个劲地摇头。面对夷使的一脸傲慢,皇上的脸面有些挂不住,此时,有一大臣进言皇上说有一人保准能看懂。那还不赶紧去叫,磨叽什么啊!皇上是真急了,此人就是李白,正在御花园里喝酒呢,于是,李白一路踩着云朵就来到了朝堂,也不知是有意还是无意,一个趔趄险些把夷使撞趴下。李白接过"蛮书",眯着醉眼一扫,斜乜着夷使言道:"就这小儿科,也敢拿到东土大唐来忽悠人。"说罢,回头跟皇上说,让俺立马回书一封,不过有个条件,得让高力士为俺脱靴,杨国忠给俺磨墨。

这是儿时,我从父亲那里听来的故事,听时,便很好奇地问父亲,什么是磨墨?我这么一问,又让我增长了不少知识,知道了文房四宝,知道了砚台,勤学多问自有学问,父亲为了让我更直观地了解什么是砚台,他神秘兮兮地从老屋的土墙洞里掏出一个纸包,打开层层油纸,我看到一方浑身黑乎乎的黑陶砚台,这也是我平生第一次见到砚台,父亲说,这玩意儿属于"四旧",外人见了会被没收的。

我记事时起,从来就没有见到父亲用过砚台,估计答案也就在这儿了,父亲说这是爷爷用过的遗物,我没有见过爷爷,我出生时爷爷早已作古,自然无法见他老人家用砚台磨墨写字。爷爷是位郎中,在我们那一带还有点名气,估计爷爷用这块黑陶砚台抄写过不少汤头歌诀,到了我学写大字时,就更没有见过谁使用砚台了。

读书时，那时我正上三年级抑或四年级，记不清楚了，每周开设一节大字课，那时，也没有什么描红本子，老师发给我们一本大字簿，16开、左翻页、大方格、米字虚线，一页可书写10个大字，上下各5个，本子发下来了，笔墨自备，毛笔、墨水都是在大队商店里买的。我依稀记得墨水瓶乃扁四方的厚厚的玻璃瓶，纸标签贴在瓶面上，上有“墨汁”二字，行楷，色红，字迹醒目而好看。

每到上大字课的时候，头都大了，怕写，我们那时叫写大字为抹大字，一个“抹”字，太妙了，很形象地体现了当时写大字的状态。后来读汪曾祺的小说《受戒》：明子的舅舅给明子相了面，又让他站起来走两步，喊上几嗓子，便断言明子将是好和尚，让他启蒙识字。村里都夸他字写得好，很黑。读至此，不觉会心一笑。

平日走在上学路上，没有个正行，有大字课这天，都会不自觉地老实了起来，因为手里端着个墨汁瓶子，不敢造次。老师几乎每堂课都要反复地讲执笔要领，可是握惯了铅笔、钢笔的手，就是不听使唤，怎么也握不好毛笔。过去，写大字之前，都要描红的，鲁迅先生有一文《孔乙己》，孔乙己的名字的出处就是来自描红本，现在的小学生又恢复了描红，我们读书那会儿适逢政策号召要多快好省地建设社会主义，教育要革命，学制要缩短，这一缩短就把描红给缩掉了。老师的示范字，也不用毛笔写，是书写在黑板上的，粗体的粉笔字，写着“科学不怕艰，攻书不怕难”之类的字样，让学生照着葫芦画瓢。

可以想见，上大字课，不过是应付差事而已，毛笔在手里有千斤之重，只有胡乱地涂抹。不过，见到老师在黑黑的大字上画上红圈，心里还是很得意的。我的毛笔字是钢笔体，自认为钢笔字不错，所以对毛笔字倒是有点自信，当然，这自信都来自老师的红圈圈，鼓励是好事，有时却会适得其反，看来客观公正，实事求是很重要。

多年后，因我的文章屡见报刊，被一个单位聘去做文书。上班伊始，领导让我写几幅宣传标语贴在会议室里，因为自信有钢笔字的底子，也见过一

些书法家写的毛笔字，总觉得不以为然，总觉得让自己写，不一定比他们差。我的首次书法秀，领导看了看，笑了笑，说，先这样吧。方知，字不是乱写的，自视甚高，实乃眼高手低，孤陋得可笑。回头再看书家的字，乍看不咋地，越看越耐看，越看越有味；再看自己的字，猛一看似那么一回事，仔细看完全不是那么一回事。

这之后，我便到街头的旧书摊上淘一本柳公权的《玄秘塔》，每天抽空临摹练字，废旧报纸就有了用武之地。不临帖不知道，临帖练字要沉心静气，书法可以修身，字如其人，古人不予欺也。笔墨需功夫，需历练，可惜我临写一段时日，字好像写出点意思了，俗事缠身，也就荒疏了，现在都没有勇气拿笔了。

我临写《玄秘塔》时，用废旧报纸，买一瓶500毫升装的墨汁，用时往小白瓷碗里倒一些，小白瓷碗就起到了砚台的作用了。我这是写着玩的，像我这么个写法，估计难有修身之效。凡事都有学问，都有考究，有时，形式也是内容的一部分，书法要有书法的环境，书房、书桌、纸笔砚瓦、镇纸，最好能焚香沐浴……

曾读知堂的《买墨小记》，方晓墨中原来也有大学问，墨也远非而今的墨汁，“我买的墨是压根儿不足道的。不但不曾见过邵格之，连吴天章也都没有，怎么够得上说墨，我只是买一点儿来用用罢了。我写字多用毛笔，这也是我落伍之一，但是习惯了不能改，只好就用下去，而毛笔非墨不可，又只得买墨。本来墨汁是最经济的，可是胶太重，不知道用的什么烟，难保没有‘化学’的东西，写在纸上常要发青，写稿不打紧，想要稍保存的就很不合适了”。佳墨可以作为古董，“从前有人说买不起古董，得货布及龟鹤齐寿钱，制作精好，可以当作小铜器看，我也曾这样做，又搜集过三五古砖，算是小石刻。这些墨原非佳品，总也可以当墨玩了，何况多是先哲乡贤的手泽，岂非很好的小古董乎”。

墨品的高下，讲究胶轻、烟细、杵熟……一磨便可知晓，磨墨就需用砚台，其实，墨与砚如同形与影，就像秤与砣，彼此无法失去依靠，否则，会失去其存在的实用意义。

董桥喜欢把玩石砚，他有一文《砚边笺注》，文章写到两方砚台，一方石榴百子砚，“大不盈掌，水坑子石，色青灰而带紫蓝，镌大小石榴六枚。大石榴化成砚堂，抚不留手，还长出绿豆小的一颗石眼，比砚侧那潭累累石榴浆果还要小；砚底正中隐然一钟宿存花萼。砚头深刻老枝蔓叶，绕向砚背；大的那枚石榴拨开对生叶片，绽为墨池，池内又是一簇浆果。另一枚则款款相依，果皮上分明一轮昏黄的石眼，牵连一片嫩叶，呵护叶下的小石榴。一幅砚面辄成宋人工笔花卉团扇……”

另一块端溪太璞砚，“似方似圆，就天然形琢砻，周侧与砚堂磨治得活润素雅，再以虫蛀为池，错错落落得砂小数潭。整块砚石不见秋雨之痕却自呈新霁之气，古朴浑厚，凝重流畅，从中想见当年石工裸体匍匐爬入砚坑取石的雄毅精神”。

看似写他的两段砚缘，实乃抒发其一生为文的慨叹，用他自己的话说：“世事迁流，风气蜕变，灯下摩挲这块凝英紫石，虽然深为其纤巧灵秀之姿色所动，却也联想到年来自己对文学艺术求精求细，避俗避滥，未免悖晦。可惜习性难改，早岁追求空灵的笔性确是戒除了，竟一心想在自然平实处经营恬静闲澹的风人之致。于是，有缘玩赏榴开百子砚，诚然重温几许少年听雨的凄美旧梦；品鉴案头另一块张廷济铭殷去楼所藏端溪太璞砚，不免有微醉之乐，一任阶前点滴到天明了！”

而今，有这份闲情的恐怕不多了，快节奏的生活中，谁还会有闲心去细细赏玩一块石砚，即便是有空闲的人，又有多少人能有董桥先生这般深刻的感悟，想来多是为了装点自己，以示有雅好，少俗气，其结果如何，那就不得而知了。

作为文房之宝的砚台，据说始于战国时期，有关砚台的专著，诸如欧阳修的《砚谱》、米芾的《砚史》、唐洵的《砚录》等诸如此类，都成为小众又小众的文字了。

当年，我练字时，心血来潮，曾问父亲找那方黑陶砚台，因家中老屋几经

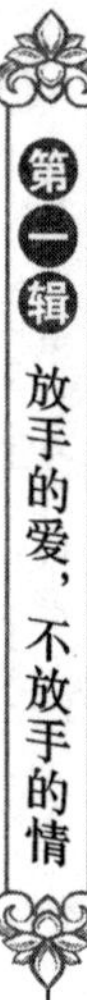

翻盖，竟然寻它不着了，看来我是与其有缘无分了。当下，都是用电脑敲字，纸笔基本都要闲置了，省略了，钢笔大有遭淘汰的可能，毛笔更成了务虚之品，砚台怕是走得更远，远到人们的怀旧梦里了。

我有一友，是位书法家，在他的案头有一方砚台，却从未用过，用他的话说，那就是一种摆设。砚台，已经失去其实用的意义，脱实入虚，成为一种文化符号。有时，我就想人们因何如此急匆匆地追赶着人生，乃至灵魂追赶不上肉身，形同行尸走肉，何妨于书房之中，拿起一块墨，在砚台上慢慢地研，慢慢地磨，然后想想如何去书写最简单而又最复杂的“人”字，这一撇一捺，孰长孰短呢。

曾经的游戏

马 浩

记忆之中的游戏，而今想来，已成为人生之树的圈圈年轮，是我生命的一部分。

捉迷藏

小时候，经常玩此游戏，这是一种群体性的游戏，几人或十几人不等。

游戏规则是这样的，指定一个物件，通常是一株大树，当作“家”，之后，在这个群体之中寻一人，来充当捉人的角色，此角色大都是靠自告奋勇，有时没人应声，就抓阄，其余的人都充当被捉的角色。被捉者不论用什么方法，只要能手触摸着那棵当“家”的树，就算安全了。被捉者若全部都碰到了那棵树，就是说捉人者逮不到人，他依旧扮演着捉人者，直至有人被捉，那个被捉的人便成了捉人者，游戏就这么循环往复地玩下去。

玩时，被捉者去藏身，然后，捉人者就开始去寻找猎物，一旦被发现后，两人就开始追逐，其实就是这两人在拼速度、拼机灵，看谁跑得快、跑得巧，其间有 50 米的冲刺、急停折返、马拉松式的长跑……那个“家”就是终点线。

虽是游戏，不过，谁都不愿输，常跑得天昏地暗，不到最后跑不动的那刻，谁都不会束手就擒。再好的鞋也不经穿，为此，常挨爹娘的骂。

掷砖头

这种玩法，有着地域性，我怀疑是我们儿时的独创。

玩耍时，玩伴的年龄大都相仿，就是说在同一个级别里。玩法很简单，不过须在有水之处，比如：宽阔的河岸、汪塘的水堤，材料是可手的砖头、瓦块、土疙瘩……在乡村，俯首即拾，然后，开始向河的对岸、水塘的对岸用力抛掷，看谁掷得远，抛得最远者往往很神气。

还有一种玩法，与其类似，就是打水漂。也可说是广义的“掷砖头”，一如小品文、书札、跋、序之类统称为散文。

打水漂，我们那儿称之撇瓦。一般用薄瓦片，我们玩此游戏有的是条件，村头有几处烧制陶品的窑场，那里有的是瓦片。

放学后，我们就直奔窑场而去，书包随手丢在一旁，便在瓦砾堆里捡拾“利器”，你争我抢，常为一个可手的瓦片争在一处，叠起了罗汉。每人捡上一大堆，用褂襟兜着，来到河边，比赛看谁打得水漂多、打得远。打水漂不完全比力气，它须动用巧劲、腕力、身体的协调性。

玩时，通常用右手持瓦片，左撇子另当别论，身子微微向右侧偏移，浑身的力量似乎集于腕处，手用力一旋，瓦片快速旋转飞出，由于是一股旋转的力量，瓦片在水面上急速飞跃，打出一片片水漂，水花四溅，很美，直至很远才慢慢沉落水中。有的人打出的水漂，还能漂到对岸，尚不停下，又窜出岸边老远。打水漂时，口中还唱着有关打水漂的儿歌：撇瓦撇瓦，一撇为俩，两个不够，一撇十六。

而今，这种游戏在家乡大概已没人玩了，一方面是孩子少，最主要的是课外作业多。

滚铁环

读小学时，曾流行过一种游戏——滚铁环。

什么东西一经流行，难免会变了味儿。而今想来，那景象真的颇为壮观。也不知都从何处弄来的铁环，看来此游戏，可以说每个家长都是参与者，孩子看别人玩，回家便向父母要。爹娘想，人家孩子有，咱们也不能无

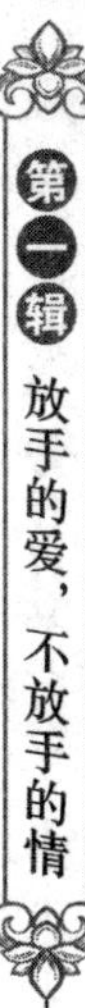

呀，于是，就想方设法给孩子去弄。

玩滚铁环，器具很简单，一只铁环，一只铁钩子而已。不过，玩起来就不是那么简单了，这是说玩得自如，出神入化。一般玩法并不复杂，把铁环往地上一抛，在铁环滚动时，不失时机地用铁钩子卡住铁环，铁钩子是铁环的动力，也是它的轨道、它的大脑，当然，铁钩子不过是玩者的傀儡。

在很长一段时间里，铁环与书包一样重要，书包放在课桌上，铁环就在课桌之下。上学来回的路上，课间活动的 10 分钟里，晚上放学之后，都是玩滚铁环的时候。

课间活动时，学生手提着铁环，你拥我挤出教室，如同拉开的羊圈，对于羊来说，圈外是肥美的青草，而我们的心思就是滚铁环，一出教室，铁环往地上一抛，玩了起来，你追我赶，欢笑声、铁环与铁环的撞击声，铁环与铁钩子的摩擦声，校园犹如开闸的洪涛，活动时间将尽了，才想起有尿还没撒，赶紧推着铁环向厕所奔。上学来回的路上，时间比之课间要充裕得多，玩起滚铁环来更疯，一路都在滚着铁环，路不论宽窄，愈是奇险的路，愈是能显示滚铁环的本领，比如：两水之间仅可通人的小道，村中高出路面的井旁……这些地方，不仅难走，而且有一定的危险性，一不小心，铁环就会滚落汪塘之中，或是掉进井里，这要看你的手眼身法，应急反应能力，手疾眼快者，往往能在最危险之时，一提铁钩子，铁环便被钩住了，很刺激，很有成就感，不过玩不好者，铁环就会误入歧途。曾有一人，在表现自己的本领时，一着不慎，铁环跳进井里，乐极生悲，哭得一把鼻涕一把眼泪，最后是他父亲用一只大磁铁，才把铁环从井中打捞出来。晚上放学后，就更有时间尽情地玩了。通常是在大场上，比赛谁推得时间长，谁推得快。有时，几人一字排开，喊着一二三，开始比赛，快赛、慢赛，花样繁多，谁坚持到最后，谁就是胜者。

常常是玩薄了时间。童年的记忆却格外厚重。

推朝廷

推朝廷，名字好像很有政治意味，听上去感觉挺“革命”的，可玩的结果，

颇让人思忖。

玩时，通常是4人。寻一处平整之地，把准备好的碎小的瓦片，垒成3摞，中间高大，两边相对矮小，在同一水平线上，其中间距，相酌而定，中间那摞高大者，就是朝廷，两边的便是侍卫。距朝廷十余米之外，画一道线，互为始终。

4人各寻块砖头，站在朝廷处，把砖头掷向那条线，以便分出先后次序，谁先谁就可以先出手去击朝廷。先后的次序是有规定的，掷出线者为最末，4人都掷出了线，最后者为末，以此类推，线内的呢？谁靠近线谁第一。

一切准备停当，按先后次序，站在线后，用砖头去击朝廷。若这一轮没有人击倒朝廷，再进行下一轮，也就是说，再于朝廷处向线抛掷砖头，分出先后次序，如此反复。击倒朝廷者，他就当了朝廷；同理，击倒侍卫者，他便是侍卫；剩下的那位，只能充当被发配的罪人了。

游戏的高潮就在这里。当朝廷者，面南而居，坐于高处，发号施令。两名侍卫各执罪人一耳，来面见朝廷。侍卫曰：朝廷在家吗？

朝廷曰：不在。然后，就讲去了某处。比如：去了后花园，去山中打猎之类。那两位侍卫便扯着那位罪人的耳朵，绕朝廷身后转一圈，或用一只手拍打另一只手臂，做拉弓射箭状，如此一来，把发配者疼得龇牙咧嘴，却没有办法。游戏总有其规则。

在我所记忆的游戏之中，此游戏最为暴力，充斥着官本位的皇权思想。看来游戏亦有糟粕，意识可以潜移默化，就如今的乡下，还是人治而非法治。

游戏，还是挺有趣的，在记忆里。

捣拐

似乎忽然之间，校园里，捣拐成风。

我看到过两位青年教师，在办公室前金鸡独立，你来我往，玩着捣拐的游戏，几位老教师站在一旁看热闹，不时还喝两声彩。或因是老师，平日里，四平八稳，不苟言笑，乍一见底盘不稳，上盘摇晃，支地的单腿为寻身体平衡，不自觉乱蹦如醉汉，很搞笑。

在路上的那幕更有趣，两名小学生，看样子最多不过读二年级，书包丢在路边，两个人就撸起了拐，那个认真的劲头，若见者不笑，那我绝对佩服他的定力。

当然，我不只是个看客，谦虚地说，我还是名撸拐高手，至少在班级这个小圈子里。

流行的东西，大都是跟风模仿，很少有人去用心。撸拐风行时，人人都架起一条腿，相互乱撞，碰巧了，能把对方撂倒，一般情况都是双双落马，两败俱伤，然后，重打锣鼓另开戏。我开始撸拐时，就是这么干的，后来有了觉悟，总结出了一套实战技法。

那就是合理分配体力，有勇有谋，大打游击战。具体地说，敌进我退、敌退我挠、声东击西、指上打下，待敌疲惫之时，大举出击，一击即中，屡试不爽。班里有一出名的笨大个，有股子蛮力，他撸拐如猛虎下山，很少有人能经得起这阵势，即便勉强过了一关，也架不住他的三板斧。可他一见我，也没了脾气。他心有不甘，常找我开战，很想翻一盘脸儿挣脸面，不过，从未如愿。

战时，我们各自架起拐，由于他求胜心切，发起猛烈进攻，此时，我巧妙地在他身边绕来绕去，不同他发生正面接触，不时地骚扰他，其因体重所累，体力终不能持久，瞅准时机，我就猛地后撤几步，然后，便以其人之道，还治其人之身。他屡战屡败，只是不服，似乎从未想过因何。我曾玩过三英战吕布，以一敌三，常在运动之中觅寻战机，各个击破，很有成就感。

撸拐之风早吹过去了，每忆及，总会让我品味许久。

车　站

马　浩

车站,是一个极具感情色彩的词语。

不知因何,我对车站一词有着天生的敏感,总觉得车站是个喻体。生活之中,它从来都不是孤立的存在,而是无时无刻不与我们发生着千丝万缕的关系。

人生的聚合离散,多在车站上演。车站,把远方拉近,又把近处拉远;车站,是羁旅的故乡,亦是离人的旧地……我每次见到车站,都会莫名激动,那是一种无以言说的情怀,就像立在水边,望着水中的倒影,真实得有些虚幻,做梦一般。

在我的记忆里,车站是多元的,它似乎是多种影像的叠加、组合,如同电影中的蒙太奇。

朱自清心底的车站,是其父背影的布景,那个叫浦口的火车站,其意义远非地理上的南京浦口,那是演绎父子之情的舞台。

“我看见他戴着黑布小帽,穿着黑布大马褂,深青布棉袍,蹒跚地走到铁道边,慢慢探身下去……穿过铁道,要爬上那边月台……他用两手攀着上面,两脚再向上缩;他肥胖的身子向左微倾,显出努力的样子,这时我看见他的背影,我的泪很快地流下来了。”“等他的背影混入来来往往的人群里,再找不着了,我便进来坐下,我的眼泪又来了”。

车站,让朱自清理解了父亲,体味了人生,这恐怕要胜读十年书,当然,这是我的猜度而已,无从考证。

影视作品里,常出现这样的镜头:一对热恋中的情侣,迫于无情的生活,

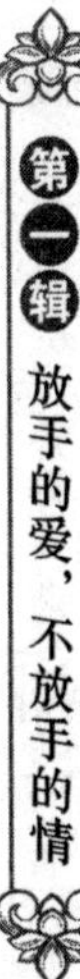

不得不面对离别。站台上，静止着一列绿皮火车，“哞——”的一声，哐，哐，火车启动了，缓缓地行驶着，坐在车窗前的男孩拼命地摇动着手臂，女孩手贴着窗口，跟着火车跑，火车渐渐地提速，女孩渐渐地被甩在车后，同时被甩的，还有一条空洞洞的火车道，女孩的目光一直追逐着空洞洞的轨道，绵延到无尽的惦念里。

我最初接触的车站是汽车站，童年是充满着幻想的，总期待着有一天能够飞翔，汽车跑起来就像飞，停靠汽车的车站，对我来说便充满了诱惑。可那一次的乘车经历，车站在我幼小的心灵里，却留下了轻微的擦痕。

母亲带我去城里，奶奶送别我们母子。客车关门的一刹那，只见奶奶被关在了门外，平日里，奶奶带我，有时，一眼不见她，都会大喊，哪怕不见她的人，听到声音，心里就会有种无言的安全感。那天，客车徐徐地开出车站，我见奶奶离我越来越远，泪簌簌而下，我哭着央求母亲，我要下车。

那是我平生，第一次感受到别离的滋味，虽然，那时我尚不知道别离一词。

车站，情感的触发点，它是稳稳地驻扎在人们心底最柔软的地方。

电影《忠犬八公的故事》，相信有不少人看过，最感人处，便是八公等教授上下班的那个车站。早上，教授上班，八公一路相伴，送教授到车站；晚上下班，八公早早地来到车站，等待着教授。车站附近的人，没有人不认识八公，就这么，日复一日，一天，教授在课堂上，突发心脏病，永远无法回来了，八公依然在车站等待着。后来，八公跟随着新主人搬到很远很远的地方，八公还是跑回了那个小站，晨昏，八公都在车站等着接回教授，一等就是9年，直到八公老死在车站。

车站，是人情沙漠中的绿洲，它让世人看到了人间的真爱与温暖。

古代陆路交通不发达，送别多在水路码头，其实，码头就扮演了车站的角色，古人留下了多少优美的诗章。

“故人西辞黄鹤楼，烟花三月下扬州。孤帆远影碧空尽，唯见长江天际流。”这是李白送孟浩然去扬州的诗句。“浔阳江头夜送客，枫叶荻花秋瑟

瑟。主人下马客在船,举酒欲饮无管弦”,这是白居易《琵琶行》中的诗行,诗人有个小序,“元和十年,予左迁九江郡司马。明年秋,送客湓浦口,闻舟中夜弹琵琶者。听其音,铮铮然有京都声。问其人,本长安倡女,尝学琵琶于穆、曹二善才,……感斯人言,是夕始觉有迁谪意。因为长句,歌以赠之,凡六百一十六言。命曰《琵琶行》”。

“同是天涯沦落人,相逢何必曾相识。”都说沧海桑田,世间,总有些东西永远不会变。

一年春,我去小镇送别友人,小镇的早晨,静悄悄的,清寂无声,一扫白天的嘈杂喧闹。车站,冷冷清清的,旅客不少,多像梦游,没有人打破这样的沉静。

站里,朋友说:“回去吧,天还早呢,可以再睡一会。”

我觉得有理,便回转身来,走着走着,一回头,但见朋友在空荡荡的大厅里独立着。我所以用独立着来形容他,不是说大厅里没有人,而是觉得他孤零零地站在人群里,像是被我随手丢弃在沙滩的一只贝壳,当时,心里一软,我又回来了。

朋友见我回身,没有作声,在目光的交流中,对我微微地点了点头,我能体会到,那轻轻地一点头,如同一粒抛向湖面的石子,我们的心底都会漾起波纹。

买票,候车,进入候车室,我被保安拦了下来,他乘着电梯缓缓而下,然后回头,对我摆摆手,没有说话,可那时,我知道他在向我诉说着什么。“回首向来萧瑟处,也无风雨也无晴”。你信吗?

都说当今社会,人情冷漠,无妨多去车站,喧哗的地方,有时也是可以让人静心的。

第二辑

寻找大海的最佳途径

那一刻，我很为弟弟感到高兴，他已然从伤痛中走了出来。我在心里默默祈愿：愿我们像树上紧紧相邻的两片叶子，在亲情的滋养下，怀着一份知足和感恩，让生命绽放最美的笑颜。

最动人的愿望

高小宝

有个同事，总觉得他和别人不一样。我们是国企单位，职工的收入和福利还不错。我们一帮青工不会安排生活，只图享受。每月一发工资，就吆五喝六地下馆子，泡酒吧，花钱不眨眼，潇洒又自在，到月底所剩无几。但他却不这样。他过日子精打细算，买东西讨价还价，不爱交际应酬，发了工资就往银行存。我们常讥笑他是守财奴，是铁公鸡。他听了，不生气也不脸红，嘿嘿一笑，反过来教训我们花钱不要大手大脚，过日子要细水长流，为自己为家人做长远打算，婆婆妈妈的，口气像极了长辈。

这样的话彼此说多了，无趣了，也就不再提及，毕竟一个人一种活法，哪来的千篇一律？但他还有个习惯，就是凡事爱出风头。从刚进厂培训开始，别人觉得枯燥乏味的训练，他却闷声不响，结果在上岗考试中，他超越其他人一大截，他的优秀一下子映衬得我们黯然无光。后来走上工作岗位后，他又成了技术标兵，年年当先进。这些也都无所谓，可气的是遇上加班这样的事，我们不愿意，闹情绪，他却比谁都积极，为此不知背后被多少人骂过。

骂归骂，并不影响他的好人缘，这主要得益于他为人厚道，有副热心肠，平时只要有人有求于他，能办到的事，他绝不推诿。因此，虽然他的小气、他的爱出风头都让我们不屑一顾，但是他朴实的人品和耿直的个性，还是让我们交口称赞。

作为同事，免不了经常要打交道。有次一个同事结婚缺钱，找他去借，他平时花钱仔细，大家也都看在眼里，谁都知道他手头有存款，那位同事自恃和他关系不错，想着关键时刻要借钱，他应该不会拒绝。不料，被他一口

回绝了，说他真的没钱。同事讪笑道："开啥玩笑，钱放在银行又不会下蛋，我借钱又不是去花天酒地。"他一本正经解释说："你千万别误会，我平时零存整取，全部把钱寄回老家还债了，家里要买种子、化肥，还有我爸身体不好，离不开药……"在他的一大堆理由面前，我的那位同事脸色越来越难看，最终悻悻作罢。

后来，这事在大伙中间传开，有人说，这个人是有名的铁公鸡，求他办事，只要跟钱一沾边，准没戏。

这话还真让他给说着了。一个月后，单位组织给某希望小学捐款。大家踊跃响应，基本每人都是50元，他却和厂里几个家庭有困难的职工一样，只捐了20元。有人故意在他面前冷嘲热讽："反正是自愿的，你也可以不捐。"他眼一瞪："你这是什么话？我虽能力有限，但能捐多少就捐多少。"他这话真是说得莫名其妙。他工资系数比我们高，奖金比我们拿得多，凭什么别人能拿出来，他就拿不出来？这会儿就不见他出风头了？当时我心里是看轻他的，想，这个人未免把钱财看得太重了，以后绝不能在这方面和他有来往。

然而，最意想不到的事发生了。有天下班，他说请我去吃饭，真是开天辟地头一次！

落座后，我正暗自琢磨，他直截了当地说让我借给他3 000元，急用。我本能地脱口而出，没有。他直直地看着我说："两个月后还你。"见他不像在开玩笑，我问他干啥用？他叹口气说："村里一位乡亲盖房时摔了，我上大学时借了一屁股债，其中就有他家5 000元，一直没机会还，人家仗义，盖房时也没催要，现在人出事了，怎么着也得赶紧把钱给人家还了，当年若没有我的那些乡亲，我连校门都进不了……"说到这，他眼眶发潮，仰头喝了一口老白干，接着说："小时候，我们家很穷，但父母宁愿自己饿着冻着，也不愿我受半点委屈。他们40岁才有了我，把我看得比他们的命都贵重，图的就是日后养儿防老。今年他们已68岁，还在乡下受苦受累地种地，我怎么能安心一个人贪图享乐。前阵子，我妈的风湿病又犯了……以后，我要把二老接到城

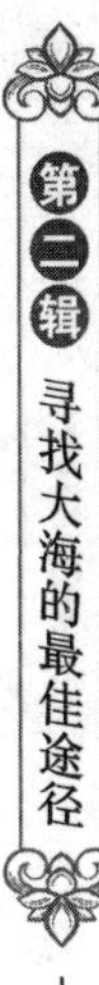

里，好好孝顺他们，让他们过上好日子。你说，我不好好工作，不好好攒钱，凭啥来实现我的这些愿望……”说着说着，他泣不成声。

我无言以对，心里酸酸的。生活中，每个人都有自己的抱负和愿望，或出人头地、升官发财，或扬名立万、一夜暴富，为前程财路殚精竭虑，却极少有人把孝顺父母正儿八经当回事。他和我们一样，如同生活中一粒极平凡的沙子，因为他的简单纯粹，生命透出人性的温度和光亮，所以连他的小气和自私都显得那么可爱。迄今为止，这是我听到的最动人的愿望。

不愧当过兵

顾文显

柳长江和张大旺当了几年志愿兵，复员回乡，组织上各发给他们一笔数量相当可观的安置费。柳长江找到张大旺说："咱不能坐吃山空，光指望这俩钱养家糊口呀，得出去找份工作。安置费不到关键时不可轻动。"在部队时，俩人同在一个班，柳长江是班长，张大旺是战士，一贯听柳长江的，这回当然二话没说，就跟随柳长江来到省城，俩人应聘到一家大饭店当上了保安。

穿上那套保安服，乍看挺威风的，可不到试用期满，柳长江不干了，心想，这叫啥工作？说是保安，还不如叫门童更贴切，一天到晚腰板挺得笔直，不是显威风，那是为了讨好顾客，几乎所有的人都可以对他们颐指气使！柳长江跟张大旺说："老辈人有句话，'宁可站着死，也不跪着生'，咱凭啥掉到他们手里了。走！"张大旺心里嘀咕："当年部队要提你当副排长了，就因为对迎接检查弄虚作假的事不满，跟指导员顶了嘴，这副排就泡了汤，怎么如今都复员了，还不接受教训？何况，受点气又能怎么样，也不至于扯到死呀生呀上，老辈人还说'好死不如赖活着''好汉不吃眼前亏'，你咋不记得呢？"可毕竟出来闯世界是班长的主意，不好不服从呀，张大旺追随着班长，炒了老板的鱿鱼。

俩人在部队当特种兵，受的那是强化训练，执行起任务来响当当的，可到社会上吃不开了，没技术啊。既然不愿意当保安，就改做物流吧。

这物流是新生行业，将顾客要运送的货物分批入库，装车运往目的地。刚做满 1 个月，柳长江就跟领班发生了争吵。敢情这领班乱指挥，告诉二人

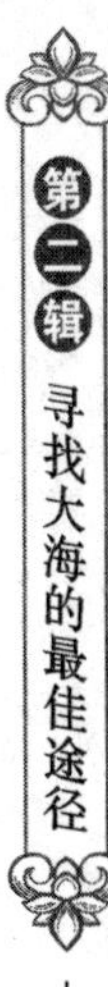

把几十件货扛进甲库后，又发现出了错，再让他们搬出来转到乙库。柳长江怨气冲天，这不是存心折腾人吗，就冲着领班牢骚了几句。这领班仗着跟老板沾点亲，错了却不认账，还口出不逊："你不过是个会说话的机器，让你左转右转是我的事。你急什么？"

这哪里叫人话。见张大旺闷声不响地哈腰搬起一个麻包要上肩，气得柳长江一把给拽下来："你还像当过兵的人吗？冻死迎风站，凭啥任他瞎指挥！"

"班长，咱现在已经不当兵了。就算当着兵，军人以服从命令为天职，他是咱俩的上级，我怎敢不服从。"

瞧这副窝囊样！柳长江一跺脚，离开仓库回到宿处，躺在床上怄气。等张大旺下班回来，问他走不走？张说，咱总这么换来换去，何时是个头啊，先冷静一下。柳长江拎起行李卷就走，走开就把手机卡换掉，他不打算再搭理这样的孬种兵，丢不起那人！

柳长江去了另一座城市，也找到过几份工作，总是高不成，低不就。天下乌鸦一般黑，当老板的全像一个模子铸造的，而且穷规矩太多。像他这种彪形大汉硬要面对路人跳健身操，滑稽不滑稽！柳长江打了几年工，炒掉的老板足有一个连，自己仍然一事无成。这真是"虎落平阳被犬欺"，柳长江彻底断了打工的念头，索性把那点存款取出来，决心琢磨个适合自己做的事，自己当老板，不管赚多少钱，只要活得舒心！

回头再说张大旺，跟班长失去了联系，这回孤苦无依，更得夹起尾巴做人了。他在这家物流公司做得十分卖力，那领班见挤不走他，故意拿话敲打他："怎么，你们班长去哪里踩点去了，哪天接你去当总裁助理呀？"张大旺心里这个气呀，但他告诫自己，对方的目的就是想挤走我看笑话，我好歹是当过特种兵的，区区困难岂能退避，决不让他得逞。就佯笑着说："领导就会拿咱当兵的开涮。俺们班长就是当上了总裁，咱也不稀罕，咱不是那块料。"领班见他软弱，更是变本加厉，有一次，居然把张大旺的饭盒扔到了大街上！领班做得太过分，工人们都愤愤不平，鼓动张大旺："你人高马大的，揍他一

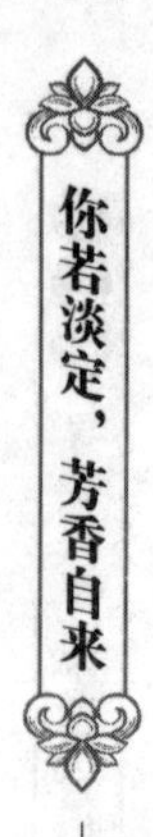

顿出出气，大家帮你说话。”张大旺一想，自己已经付出了这么高的“学费”，把物流行当中的许多诀窍都掌握了，做起来得心应手，如果换一个事做，又得从头再来，相比受这点气，算得了什么？他暗暗朝工友们比画了一个感谢的手势，跑出去把饭盒捡起来，笑着对领班说：“领导嫌它碍眼，吩咐一声，我吃完饭自己扔掉它就可以了，哪用您老人家亲自动手？”这真是笑呵呵地折磨人！领班找不到茬发泄，气得当天中午没吃饭，事后胃疼了许多日子。

张大旺的宽容大度感动了工友们，大家夸赞说：“不愧是当过兵的，没有过不去的坎儿。这世界上谁与张大旺处不来，基本不可救药！”这话传到老板耳朵里了，老板欣赏张大旺的威望，又从公司的利益角度考虑，马上把张大旺提升为分部经理，成了原领班的顶头上司。

原领班见张大旺管着自己了，怕遭到报复，提心吊胆地努力做，结果，他负责的那个组业绩出色。张大旺可不想给自己树敌，不但多次表扬他，还去老板那边夸奖领班，感动得领班涕泪交流，成了张大旺的忠实支持者。老板见张大旺确实好用，再次提拔，让他当了老板助理，不但工资提高了两倍，有时候外出处理业务还可以坐公司的小车。这期间，张大旺买房、娶妻、生子，日子过得蛮滋润。他惦记着当年同患难的老班长，四处寻找，可一点也没有他的消息。

有一回休假，张大旺带着妻子儿子到邻省旅游，突然发现有一个“野战模拟”的游乐处，广告上写着“到这里，可以勾起你儿时的回忆，让你轻松快乐重温童年……”夫人一下子来了兴趣，决定要去玩一玩，张大旺便驱车前往乡下。

这里原是一片荒凉的盐碱地，被承包人利用，修上了土堆、战壕……到这里游玩的人，交纳足够的费用，就可以找对手分区域“厮杀”，手雷、枪支全是模拟，但设计先进，一旦被对方击中，全有印记，最后计算胜负……这么新鲜刺激的游戏，老婆孩子玩得特别开心。然而张大旺是特种兵出身，跟老婆打“阵地战”，感觉太小儿科了，见售票处有“高级实战项目”，只要花500元，公司老板便可以亲自出面与游客“对决”，如是游客获胜，还能退还一半的票价。张大旺让老婆另找对手，他毫不犹豫地掏出500元。但老板一出现，惊得他瞠目结舌，想不到老板正是他苦苦寻找多年的老班长柳长江！

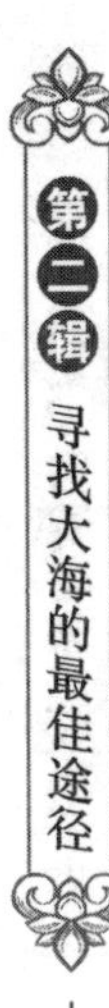

战友叙旧，各自说了这些年打拼的体会，真是感慨万千。老班长热情地留住了张大旺一家，并打电话也把老婆找了来。按老班长的提议，两家人驱车去城里，找家好饭店，痛快地聚一聚。

张大旺这才知道，柳长江当打工仔，几乎被逼到山穷水尽的地步，但他始终不肯放弃，终于寻到了那片草木不生，地处偏远，百无一用的盐碱地。柳长江在这儿发现了商机，他拿出自己微薄的积蓄，廉价买下了它，然后贷款开辟了这个项目。虽然此地地处偏远，可如今人们工作生活方面的压力太大，偶尔找这么个地方发泄放松一下，实在最理想不过。于是，柳长江的事业渐渐地发展起来了。除去各种费用，每年至少有三四万元的利润。

“老班长啊，”张大旺摇头，“您在这荒郊野外创业，受尽辛苦和孤独，才这么点收入，有些不值得呀。”这时，柳长江电话响了，是一位经理向他请示某位特殊游客的价位问题，柳长江听到一半，就发火了：“我跟老战友叙旧，你搅和什么？屁大点事向我请示，你还能不能干点正事了？”那边电话连忙检讨，说请老板放心，保证处理好。

挂了电话，老班长想起张大旺刚才的话题，接着说：“小张你同情我赚得少，对不起这份辛苦，可话不能这么说。我这人恪守‘冻死迎风站’的人生信条，追求的就是不受气。经营虽苦，但我自己给自己打活，每月及时缴纳税款，遵纪守法，决不用受气。非但自食其力，解决了全家温饱，还养活了好多工作人员，我有啥不知足的。而你，尽管委曲求全，却能享受高薪待遇，又不用操我这么多心，也划得来，这叫有得就有失，各有各的活法。”

也巧，此时张大旺也接到了老板的电话，对方说得还算客气：“大旺呀，你在哪儿？遇见老班长？噢，我理解，可情况不允许啦，我后天要出远门一趟，你必须赶在明天中午前回来！”

收了线，张大旺信服地冲老班长点头：“真是有得就有失，老班长你看，我就没您这份自由啦。不过，无论得与失，咱哥俩都不愧当过特种兵，生存能力不差劲！”

两片树叶的故事

顾晓蕊

一

7岁那年,妈妈带着弟弟随军去了部队,把我留在乡下奶奶家。那时奶奶家条件不好,每顿都吃粗粮,我常感觉吃不饱。两年后,妈妈在那边安置下来,把我接了过去。

到了新家,弟弟跑过来跟我玩,妈妈进厨房做饭。不一会儿,妈妈端上来两碗米饭,说:"你们俩先吃着,菜马上好。"洁白的米粒散发出阵阵清香,馋得我口水都快流出来了。

我端起一碗米饭,呼噜呼噜吃个精光,扭头见弟弟只顾着玩,他的饭一口没动。我朝他碗里瞥了又瞥,弟弟把饭推过来说:"你吃吧。"于是,我把弟弟的那碗米饭也给吃了。

妈妈端着菜出来,见我撑得直打饱嗝,面前放着两个空碗。她又好气又好笑,抬手就要打。弟弟跑过来挡在我前面,稚声说道:"别打,姐姐饿了。"妈妈心里一酸,悬在半空的手轻轻地放下。

随后妈妈偶尔买些零食,我总是很快把自己那份吃完,站在旁边眼巴巴地看着弟弟。弟弟把他的零食再分一半给我,那一点点香,那一点点甜,悄悄地融进我心里。

上初中后,我住校了。回家时路过一家包子铺,虽然我兜里只剩下车票钱,但总会给弟弟买两个包子。步行回到家时天色已黑,弟弟却说:"姐,累

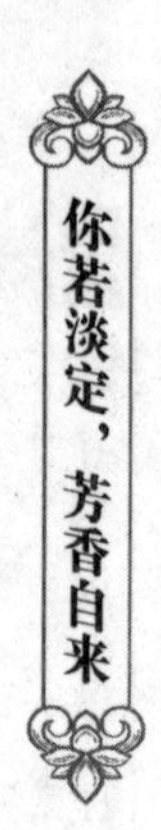

了吧，这包子你多吃点。”

那天晚上，我恍惚间走进一片果园，摘下一颗果子放进嘴里，顿时感觉满口盈香。我尽情地吃啊吃啊，忽然间笑醒了。我怅然良久，心里直懊悔，怎么没捎些回来给弟弟呢？虽然，那只是一场梦而已。

二

高一那年的冬天，天气异常寒冷，我的耳朵冻伤了，整个冬天又痛又痒。放暑假时，妈妈买来半斤毛线，让我学着织条围巾。

我起初兴致高涨，可织了一周后，发现竟掉了七八针。妈妈责备了我两句，让拆了重织。我怄气说：“这么难学，说啥也不干了。”说完，趴到里屋的床上伤心地哭了。哭了一会儿，我回到院里，看到眼前的情景，愣住了。

身着白衫白裤的弟弟，坐在合欢树下，正一针一线地织着围巾。见我一副吃惊的样子，弟弟笑笑说：“姐，你织的时候我都看会了，帮你把原来的拆掉重新织。”

接下来的日子里，只要有空闲时间，弟弟就在织围巾。他的目光随着针线的起落而移动，有几次不小心扎到手指，疼得哎哟一声叫出来。他把手放到嘴边吹吹，又接着织，还跟妈妈学了扭花图案，织出的围巾细密又好看。

半个月后的一天傍晚，邻家男孩阿虎来家里，刚一进院就大声喊：“今晚放电影，咱们去看吧？”弟弟边织围巾边说：“我不想去，你和俺姐一起去吧。”

看完电影回家，弟弟仍在织围巾。我心里半是感动半是愧疚，说：“歇会儿吧，不用着急的。”弟弟头也不抬地说：“快开学了，我赶紧给你织好，这个冬天就不会冻耳朵了。”

此后的若干个冬天，我戴着弟弟织的围巾，耳朵再没冻伤过。任时光流转，年华老去，我会一直记得那个温馨的画面——白衣胜雪的少年，坐在合欢树下，织着一条淡紫色的围巾。

三

上班后，弟弟由于工作原因，常年奔波在外。我们经常打电话问候彼此，聊聊各自的工作和生活，无论快乐抑或悲伤，我们都相互倾谈、相互鼓励。冥冥之中，似乎有条无形的线把我们连在一起。

记得那年冬天，我因病做了个小手术。刚从手术室出来，守在旁边的爸爸接到一个电话。放下电话，他脸色煞白，颤声说："你弟弟在工地出了意外，身上多处被烫伤，现正送往医院抢救……"

父母跟我交代了几句后就离开了，坐火车赶往弟弟所在的城市。躺在病床上的我，只能通过电话随时探询弟弟的病情。

半个月后的一天，妈妈打电话说："你弟弟脱离危险了，他说让你好好养病，别为他担心。"在他最需要关心的时候，我却不能陪在他身边，他没有埋怨半句，反而在宽慰我。想到这里，我的眼泪流了下来。

两个月后，弟弟出院回家休养。他的脸上留下些许疤痕，心情很低落，天天关在屋里听音乐。我怕弟弟闷出病来，想起他喜欢种花，就找来些花种放在桌上。

过了些日子，我又回家看望弟弟。他正在院里浇花，喇叭状的紫茉莉，开得满院芳香。我走过去问他："最近心情还好吧？"他粲然一笑，说："你看花儿开得多好，活着就是一种幸福。"

那一刻，我很为弟弟感到高兴，他已然从伤痛中走了出来。我在心里默默祈愿：愿我们像树枝上紧紧相邻的两片叶子，在亲情阳光的滋养下，怀着一份知足和感恩，让生命绽放最美的笑颜。

寻找大海的最佳途径

沈岳明

1915 年,在英国伦敦一个小镇上,一天,3 岁的阿兰·图林正在自家院子里玩耍。他将一个玩具木头人的手和脚拆下来,然后分别种植到花园里。这一幕刚好被他的父亲和父亲的几位朋友看见了,于是,父亲问阿兰·图林:“孩子,你在干什么?”

阿兰·图林歪着头,说:“我在种植木头人,因为我想和更多的木头人一起玩!”

朋友们听了哈哈大笑,说:“这孩子,他的脑子会不会有问题?把木头人种在花园里,怎么能长出更多的木头人呢?”阿兰·图林的父亲问:“孩子,是谁教你这么做的?你又是怎么知道把木头人种植在花园里,就能长出更多的木头人来呢?”

阿兰·图林说:“没有人教我这么做,我看见妈妈将花的种子种在花园里,不久便长出了小苗,后来又开出了花朵,我想,如果我将木头人种在花园里,也一定能长出更多的木头人来的!”

父亲高兴得紧紧地搂住了阿兰·图林,说:“好儿子,你真聪明!”父亲认定阿兰·图林将来必成大器。就这样,阿兰·图林便早早地被父亲送到学校接受教育。

有一年,中学考试刚结束,一位主管考试的官员急匆匆赶到阿兰·图林就读的学校,请校长把几位老师叫到他的办公室。

“你们看看这几份考卷,”官员郑重地说,“所有答案完全正确,可是却没有任何中间步骤。这个叫阿兰·图林的学生是否真有这种非凡的能力?”老

师们相互交换了意见,然后分头为这些试题补上解题过程,耗费了不少时间和精力,才将过程补上。

校长将阿兰·图林的父亲找来,对他说:“您的孩子被开除了!”阿兰·图林的父亲惊问原因。校长说:“这孩子在考试时作弊!”尽管阿兰·图林的父亲不相信儿子会在考试时偷看别人的答案,但又拿不出一个合理的解释。

最后,一位熟悉阿兰·图林的教师对校长说:“这孩子的思想是有些奇怪。有天我出了个有关房间照明的难题,他不假思索便道出了正确答案。可是,当我向他要计算公式时,他却说现在还不知道,必须过几天才能证明。我故意等了他几天,看着他在稿纸上算啊算啊,果然把公式给推导出来了,可他居然就能在不知道公式的情况下悟出答案。我觉得他的头脑可以像袋鼠那样跳跃。”从此,阿兰·图林便被称为“头脑像袋鼠般跳跃的人”。

阿兰·图林29岁时,便以优异的成绩被剑桥大学聘为教授。那时,电脑还没有出现,很多人认为这种东西必须通过严谨的核算后,才能产生。可是,具有“跳跃思维”头脑的阿兰·图林却不愿意墨守成规,他独辟蹊径地想出了一台冥冥之中的机器,一台理想中的计算机。

阿兰·图林想象的机器说起来很简单:该计算机使用一条无限长度的纸带,纸带被划分成许多方格,有的方格被画上斜线,代表“1”;有的没有画任何线条,代表“0”。该计算机有一个读写头部件,可以从带子上读出信息,也可以往空方格里写下信息。该计算机仅有的功能,把纸带向右移动一格,然后把“1”变成“0”,或者相反把“0”变成“1”。这就是阿兰·图林设计的“理想计算机”,后人把它称为“图林机”,实际上这是一种不考虑硬件状态的计算机逻辑结构。

不管是后来研制出来的通用计算机,或是楚泽研制的Z-3和艾肯研制的Mark Ⅰ,还是莫契利等创造的第一台电脑ENIAC,都是阿兰·图林头脑里早就构思过的机器。阿兰·图林因此被世人尊称为“计算机之父”。

世人真正感兴趣的,还不是阿兰·图林的科研成果,而是他那种特有的袋鼠式跳跃的思维。有人问阿兰·图林:“您是怎样让自己的思维像袋鼠一

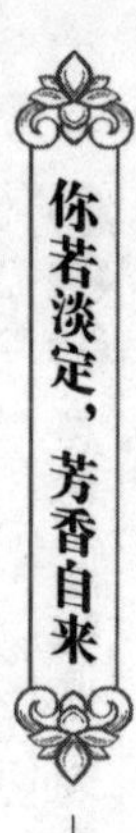

样跳跃的呢?”

“顺着小溪前进,便能找到河流,顺着河流行进,便可找到海洋。”阿兰·图林反问道,“您知道这句名言么?”

那人说:“知道啊,可是您只不过是看到了小溪,并没有顺着小溪去寻找河流,怎么就找到大海了呢?”

阿兰·图林不假思索地说:“您只知道顺着小溪去找河流,顺着河流去找大海,可我不这么想,因为从小父亲就告诉我:只需要向地势低的地方走就能找到大海,因为那才是寻找大海的最佳途径!”

上帝的另一份礼物

张军霞

那年，她6岁，一次偶然，在邻居卡恩的家里看到了一个会唱歌的布娃娃，它穿着漂亮的红裙子，眼睛眨呀眨，只要轻轻按一下手心，就能发出动听的歌声。她多么迷恋这样的布娃娃呀，每天连做梦时都没办法忘记。

其实，这样的布娃娃并不是太贵，只要20个比索就能买到。可是，她的母亲身体不好，已经病了好几年，每天都需要吃药。父亲又经常失业，家里的日子很拮据，这让她根本不好意思开口。那些天，她在帮母亲做家务时，时常会停下来，偷偷扫一眼墙上的日历，在心里悄悄奢望，如果自己过生日时，能得到一个布娃娃，那该有多好！

在她悄悄地期盼中，生日来了。一大早，父亲又出去了，他昨天找到了一份工作，而母亲的咳嗽似乎好了一些。她的心里，却有着小小的失落，看来没人记得自己的生日，更不会收到任何礼物了。

直到傍晚时，父亲才从外面回来，他手里拿着一个包裹，脸上笑眯眯的，她心中一阵狂喜，急忙跑了过去：天呀，真的是布娃娃！父亲居然为她买了和卡恩家一样的布娃娃！原来，父母都没有忘记她的生日，他们故意保持沉默，就是为了给她一份惊喜！

当她急切地要拆开自己的礼物时，父亲忽然说："宝贝，等等！你愿意和沙莉一起分享这份快乐吗？"她这才看到，邻居家的沙莉，一个总是拖着鼻涕，连一双完好的鞋也没有的小女孩，不知什么时候走了进来，正躲在父亲的身后，贪婪地盯着她手里的纸盒。

那一刻，她感觉有几分沮丧，这明明是自己的礼物，为什么要和别人分

享？她摇摇头想要拒绝，却从沙莉无比渴望的眼神里，看到了自己的影子，于是点点头对她说："来，咱们一起玩儿！"

说着，她为布娃娃上紧了发条，两人一起聆听它唱歌。接下来，她们又玩起了捉迷藏的游戏，或许是太激动了，当沙莉抱着布娃娃奔跑时，脚下的鞋子飞了出去，她猛然摔倒在地上，布娃娃则被甩到了院子中的水池里。她惊叫一声，心疼地扑过去"救"出了布娃娃，可是任凭她再怎么上紧发条，它却再也不会唱歌了！

沙莉尴尬得说不出话来，她则用双手捂着脸大哭起来。这时，父亲走了过来，他很快就弄明白了发生的事情，慈爱地说："如果你把卡恩家的布娃娃弄坏了，你希望她怎么做呢？"她想了想，擦干眼泪，抽泣着说："我决定原谅沙莉，毕竟她不是故意的。"

第 2 天清晨，她听到敲门声，揉着朦胧的睡眼打开门一看，沙莉就在外面，她递过来一样东西，是她早就非常渴望得到的一本童话书！她拉着沙莉的手，激动得说不出话来。父亲目睹了这一幕，意味深长地对她说："学会分享和宽容，上帝就会送另一份礼物给你！"

从此，她牢牢记住了这番话，不论多么珍贵的东西，都尝试着与人分享，并且经常站在别人的角度思考问题。

多年后的一天，她要出席一次重要的签约典礼。就在她准备出门时，邻居家的女孩跑来敲门，吞吞吐吐地说："刚接到初恋男友的电话，他要来看我，已经快到楼下了！而我这条长裙，找不到可以搭配的鞋子！"

她低头一看，自己脚上的白色高跟鞋，正好可以搭配女孩的长裙，虽然这是她为出席活动特意买的，还是毫不犹豫地脱下来借给她。当她急匆匆赶到会场时，刚刚在第一排的位置坐下，没来得及喘口气，就发现有很多人盯着她看，顺着众人的目光，她低下头去，不由大吃一惊：自己穿着一黑一红两只不同颜色的鞋子！

有人开玩笑说："难道这是最新流行的时尚？"她这才想起来，自己为了赶时间，顺手从鞋架上摸了一双鞋子换上，因为太匆忙，竟没有看清颜色……弄清了事情的原委，大家不但没有嘲笑她，反而为她的成人之美而鼓掌，那天的签约活动也进行得非常顺利，成了她职场生涯中最漂亮的一仗。

她就是今天的智利女部长拉丽莎·阿迪。每当有记者追问她成功的秘诀，回首往事，拉丽莎总喜欢说，当年父亲送给她的不仅仅是一个会唱歌的布娃娃，还让她明白了一个道理：学会分享和宽容，上帝就会送来另一份礼物。正是遵循着这样的原则，她才一步步走到了事业的巅峰，成为驰骋政坛的女部长。

童年的小胡同

侯秀红

有一条小胡同，一直存在于我的记忆里。小胡同宽不过 3 米，呈东西走向，两端各通一条南北大街。不幽深，不静谧，有的只是如烟的往事。

今天，在村庄新规划的版图上，已经找不到它具体的方位。或许它早已被农家的院落分割成了一个又一个的片段，戚戚于无奈和没落中安度岁月；或许它仍然素面朝天，延续着以往的热闹和辉煌……

只因村庄的结构变了，只因自己生活的时空变了，很少再有信马由缰地游离其中的机会，所以一直无从考证。这样，躲藏在童年记忆里的小胡同，便再也没有了行迹。

但童年的记忆还在，小胡同的历史还在。

那是 20 世纪 70 年代中期吧，胡同里住着同一生产队的 5 户人家。除了一家姓尹，其余的皆是本家的叔伯。每一家子都有几个虎虎生风的顽童，整日在胡同里嬉闹喧嚣。

胡同中央，满目都是苍黄细碎的泥土，没有文字，也没有诗。

晴朗的日子，地面硬得硌脚。细嫩的皮肤一不小心擦在地面上，立马呈现出一片乱糟糟的殷红。不见谁去在意，更不见谁会号啕。只用一只脏乎乎的小手随意一抹，那些细细小小的血珠，便默默地蜷缩在补丁下面，悄悄地结痂。

父母们踏着生产队的钟声早出晚归，直到有一天，突然感觉到，该为这一群不大不小的“冤家们”打理一番的时候，才发现拐肘和膝盖处，一朵朵紫红色的“花瓣”正密密麻麻地绽放着。昏黄的灯光下，显得热烈而深沉。他

们只在心底下轻轻地叹息一声,也就不再理会。

尹姓奶奶对我们格外慈祥,这种场面如果让她瞅见了,她绝对会"哎呀、哎呀"地叫得令人心痛,她会亲手给你涂上一些红药水,不管你情愿不情愿。

我想,她之所以这样热心,固然有单门独户势单力薄的情愫存在,但更多的则是一种善良的天性使然。

比如清明的时候,她会在自家的树干上拴上几架漂亮的秋千,为的是能让胡同里所有的孩子共享"飞天"的快乐。她还把自家产的羊奶煮熟了分给我们吃,我们通常都你一勺我一匙争得不可开交,直吃到满头满脸都透露出一股羊膻味儿才作罢。

尹姓奶奶家的成分是雇农,也许是以前穷怕了的缘故,她为她的儿女们都取了十分有趣的名字:有叫"锄"的、有叫"耕"的、有叫"水"的、有叫"鱼"的,大概是为了能够实现自己旱涝保收的美好心愿,"旱则锄耕,湿则捕捞"嘛,真乃又形象又逼真。陆游他老人家的"大儿叱犊戴星出,稚子捕鱼乘月归",描绘的就是这种境界吧。

尹姓奶奶家叫锄和耕的两个儿子,退伍后便千里迢迢去了新疆建设兵团谋生。尹姓奶奶那几年便整天唠叨着,想让她叫水的女儿去兵团照顾她的两个哥哥。老人家说,新疆尽是大漠,水去了,好让锄和耕的心里产生些许的清凉。她的两个儿子异常坚决地回绝了母亲的建议,他们在信中说,天山的雪水存储在兵团周围的沟渠里,满满当当地随意流淌,他们担心肆虐的风沙会吹糙了妹妹的皮肤。尹姓奶奶不知道真假,也只好任由他们去了。

锄和耕终于回家探亲了,他们背来了天山的啤酒花和吐鲁番的葡萄干,也背来了边疆的厚重和沧桑。锄的一条腿残了,耕倒是身强体壮,然而近四十岁的人了,却仍然是光棍一条。尹姓奶奶有好几天都神色黯然,儿子们在远方艰难地跋涉,平添了她的焦灼,冲淡了母子相逢的喜悦。

尹姓奶奶终究还是振作起来了,她在胡同口支起一口大锅,开始用儿子带来的啤酒花酿制啤酒。锄和耕红光满面地坐在附近的凳子上,迎来送往,忙得不亦乐乎。这样,几乎是全村的男人,都会在不同的时刻聚集到这里,

敞开着肚皮豪饮一番,最后啧啧嘴巴,留下余味无穷。

锄和耕说,如果这啤酒是用天山的雪水泡制出来的,那喝起来才叫过瘾呢。几乎就在这一瞬间,无数双充满期待的眼睛,不约而同地转向西方张望着,仿佛那冰雪之上的山峰已经变得目力所能及。

尹姓奶奶也从无数的瓶瓶罐罐中仰起脸来,袅袅的炊烟如一支上等的画笔,勾勒着她的笑容,绘成了小胡同里一幅浓浓淡淡的风景。

锄的女儿雪莲,一直是我最好的玩伴。她从出生开始就在我们的小胡同里生活,从来没有到过新疆,她却总是嚷嚷着说她的老家在新疆。她爹捎回来的葡萄干,成了她最好的炫耀。小朋友们为了吃到她口袋里的葡萄干,常常搜肠刮肚地想出最华丽的辞藻来歌颂新疆。有一次,我发自内心地对她说,等到长大了,我和你一块儿去新疆种葡萄。雪莲勾着我的手指,高兴地哭了。

当然我们谁都没有去成新疆,雪莲在我大学毕业的那一年,嫁到了她姑姑鱼的村子里,男耕女织,其乐融融。

据说我们的小胡同遭遇村庄整体规划的时候,尹姓奶奶变成了有名的"钉子户",她担心她的儿子们会找不到回家的路,所以迟迟不肯从那堆废墟里搬出来。任凭村主任吹眉、瞪眼都无济于事。

然而有一天中午,村主任无意中的一句话,却打动了尹姓奶奶的心。那一天村主任喝了酒,情感也变得丰富起来。他端坐在院子里的一块青石上,看着尹姓奶奶走进走出像丢了魂的样子,红着眼睛说:"其实,娘走到哪里,哪里就是儿子的家。老嫂子,只要您老人家活在世上,儿子就永远迷不了路。"

尹姓奶奶忽然咧开嘴,十分开心地笑了。村主任的话让她茅塞顿开,她当天就张罗着把所有的家当搬到了村东面的"老人区"。为了这个信念,尹姓奶奶现在仍然十分顽强地活着,想必她快要满 100 岁了吧。

家乡的印象

韦健华

车子还在回家乡的路上奔驰着,我的脑子就像放幻灯片一样,把在我脑子里不知已经回忆了多少次的那点故乡的零星印象,又一遍接一遍地放映着。

我3岁就随母亲离开了我的故乡——河池市金城江区山旺乡一个叫九坝屯的壮族乡村,这是我时隔43年之后再次回家乡。由于离开家乡时年纪太小,家乡的情景多不记得了,家乡给我的印象非常零星:皎月下的田野、屋边的芭蕉树、出村的小路、村前那条偶尔有班车开过的沙土公路、山间的弄场、电影《地道战》那道"太阳出来照四方"歌声在田间飘荡,还有母亲带我到弄场种地的情景。多少年以来,我就是用这些零星的记忆想象着我那美丽的故乡,也由于记忆太零星,我脑子那故乡的印象有许多还是借助电影《刘三姐》想象出来的。不过,尽管脑子里家乡的印象很零星,然而这些零星的印象在我心中却是最美好的。

车子奔驰已好几个小时,到河池时天已经黑了。车子在家乡的山间公路驰骋着,从车窗往外望去,只见月亮高高地挂在家乡的山头田间,月光非常亮,月下情景就像一个蒙着一层薄薄丝巾的山水盆景,好久没有看到这么明亮的月光,好久没有看到这么美的月景了!此时"月是故乡明"这话在这儿再贴切不过了。

第2天早上,我一大早就起床了,登上堂妹新砌的楼顶平台,家乡的美景立即扑入眼帘,我的村子背靠着山,村后的山郁郁葱葱,村前是一片农田和一条公路,对面耸立的山峦是那样的清秀,几个峰峦就像叠放的一个大的假

山盆景，让我不得不感慨大自然的鬼斧神工，这些清秀的山峦在山脚下村子里一幢幢新楼房的点缀中变得更加美丽。村里绝大多数人家都盖了新楼房，我这次回家乡还看到几家正在砌新楼房，就连我最穷的一个堂舅家也盖了新楼房。后来一个堂舅告诉我，他的两个儿子都盖了新楼房，就算长大成人了，他的心愿也就了啦。就在山脚下的这一座座新楼房的点缀下，我的家乡山水显得更加美。

这次回故乡除了看望亲戚外，还有一件大事就是为外公立碑。听说我们要为外公立碑，村里人在家的都来帮忙，几个堂弟、堂妹夫、表弟、表妹还从外地赶回来帮忙。立碑的这天，男的抬碑、立碑、扛石头上山，女的在家杀鸡、做饭、做菜。村里人告诉我，这是我们家乡的风俗，谁家有事要帮忙，全村人都会毫不犹豫地来帮，就出现了你帮我、我帮你这样一个景象。我们吃住在伯伯家，每当吃饭的时候，有人到家里来或路过门口，伯伯一家就会添碗筷招呼这人吃饭，这人只要是还没吃饭，他也会不客气地坐下来一起吃，就像在自己家一样随和。母亲告诉我，这是我们家乡的一个习惯，村里人不管是谁到别人家，如果正好遇上这家人在吃饭，主人都会拿来碗筷请客人一同吃，客人也不会客气，就坐下来一起吃。因此，我们家乡就有这么一道在外面看不到的风景：那就是每到吃饭的时间，自己家的孩子不管在谁家，那一家的人都会留孩子吃饭，孩子的父母见孩子没回家吃饭也不会担心，因为他们知道孩子一定在谁家吃过饭了。让人感觉到整个村就是一个大家庭。

吃到家乡的饭菜感到特别好吃，我开始想这可能是心情好的原因，当我看到亲人们做饭菜时才知道了是为什么——那鸡是自己家用碎米、糠喂养的土鸡，那猪是用苞谷、青菜、豆腐渣养的猪，那豆腐是伯伯家拿自家地里种的黄豆磨豆浆做的豆腐。那鸡肉、猪肉用清水煮就非常香甜，那豆腐又嫩又白，煮在锅里就能闻到一股清香，吃在嘴里又多了一种香甜。用家乡的水煮着自己种的菜、自家养的土鸡土猪肉和用自家地里的黄豆磨的豆腐，与家乡亲人在一起吃，那是多么的美呀！这是我们在外面享受不到的。

家乡的豆腐圆可是我们壮乡的一种特色食品，我们在外地吃的豆腐圆是把豆腐切成方块用油炸成正方形的“油炸豆腐”，然后往这个被油“炸”成皮硬内空的油炸豆腐内填充馅做成的豆腐圆。这种豆腐圆的豆腐被油炸过，不仅失去了豆腐的原味，还容易上火。我们家乡的豆腐圆是用自己磨出来的豆腐揉成团，然后往里面包馅，压成圆饼，再用锅稍稍煎一下就成了。这种豆腐圆的皮鲜嫩香甜，保持了豆腐的美味，增添了馅的味道，味道十分可口。这是我们家乡逢年过节和结婚、过生日、盖新房、乔迁、升学等重要日子的宴席上一道必不可少的菜。这豆腐圆不仅好吃，老人们还说这寓意着团团圆圆、圆圆满满。

这次回到家乡除了要寻找那记忆中的村边小路和芭蕉树外，还有一个愿望就是去看看那记忆中的弄场。在我幼小的记忆中，还依稀有母亲带着我到弄场种地的事，弄场就是四周环山，山中间的平地。我们家乡山多，许多地都是在弄场里，乡亲们就在弄场的地里种苞谷、黄豆，小时候母亲就常带我到弄场里种地。来到弄场，仿佛就回到了以前，那弄场里的每一块地、每一片作物、每一棵草都让我感到亲切，眼里都有些湿润了。从这个弄场边的一条山路翻过这个山往里走又到了另一个弄场，再翻过这个弄场的山往里走又到一个弄场，这一个个弄场就像一串穿起来的珍珠！以前母亲与乡亲们往往要进去十几个弄场、走十几里路去种地，我们的祖祖辈辈也在这弄场劳作过。如果说这一个个弄场就是一串珍珠，那这一串珍珠已被我的祖辈与乡亲们用汗水洗得晶莹剔透。

这次回家乡仅4天时间，还有许多地方没去，许多美景没看到，但家乡在我的眼里已经非常美了，远远超出了我的想象。在家乡的日子里，我情不自禁地拿着相机使劲地拍，其实拍的这些照片都是给朋友们看的，因为家乡的美景已深深地印在了我的脑海里。

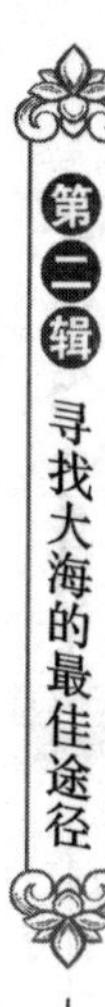

穿过岁月的慈爱

王继颖

一

村里的旧观念是家里没个男孩不行。第3个女儿晓禾的降生再次让父母愁眉苦脸。咬着牙交了罚款,2年后,父母生下弟弟。同样被罚款,弟弟却成了这个贫家的宠儿。

晓禾又黑又瘦,淡眉细眼,是4个孩子中最丑的一个,终日忙碌的父母很少在意她。晓禾的节日是姑父姑妈来做客的时候。姑父高大帅气,慈祥的脸上总挂着阳光。抱起晓禾,他的眼睛就会焕发出喜悦的光彩。姑父给她讲故事,问她智力题,只有这时晓禾的话匣子才会快乐地打开,说个不停笑个没完。这孩子真聪明,长大肯定有出息!姑父常这样夸她。

姑父姑妈住在几里外的小镇上。每逢小镇庙会,姑父会接晓禾去看节目玩玩具,买糖果买新衣。姑父让她骑在脖子上,她感觉自己像是童话故事里的小公主。

晓禾到了上学的年龄。爸爸外出打工受了工伤,失去了劳动能力,本就贫困的生活更是捉襟见肘。母亲比以前更忙碌,更无暇顾及晓禾。姑父又来接她,说要带她到小镇上学。妈说,从此要改口称呼姑父姑妈为爸妈。尽管姑父一直疼她,她还是哭闹着揪住母亲的衣服,说什么也不肯出家门。

那时候,姑父姑妈都在小镇教书,结婚10年却没孩子。是姑妈不能生育。父母见他们喜欢晓禾,便想趁入学的机会把晓禾送给他们,以减轻些家

庭的负担。村里人都说，养儿防老，原来姑父姑妈的喜爱，是为带走自己将来给他们养老啊。晓禾小小的心里很有些不平。

姑父姑妈再来，已在村里上小学的晓禾就逃似的躲出去。每学期开学前，姑父都送来一大摞白纸本，那是他裁开整张整张的白纸装订好的。有一次，送来的本子中有几页上有星星点点的小红花，妈说，那是姑父裁纸时不小心划破手指留下的血痕。妈还说，每次，姑父都送些学费过来。

二

晓禾真的很聪明，成绩一直在班里遥遥领先。小学毕业了。中学在小镇上，离村子七八里。姑父姑妈就住在中学校园里，姑父再次来接她。父母坚决要她住进姑父姑妈家里。这一次她没有哭闹，一本正经地提出："我绝不叫他们爸妈。"

住进中学的家属房，晓禾成了小公主。

每天清晨，姑父都早早起床做好饭，还给晓禾梳头。姑父教美术，画一手漂亮的国画，周末闲暇，就教晓禾画画。放长假时，夫妻俩带晓禾外出旅游。蓝天碧水间，姑父说，世界很大很精彩，有出息的孩子要靠少时的努力，给自己的明天撑起一片亮丽的天空。

黑瘦的晓禾长高长胖了，脸色变得白嫩红润，她梦想着长大后在亮丽天空中飞翔的情景。她用不懈的努力见证着姑父的预言，品学兼优，笔下的国画栩栩如生，成为初中校园里的佼佼者。父母几次嘱咐："姑父姑妈这样待你好，指望你将来能养他们老，咱可不能丢掉良心。"听到这些话，晓禾感到自己的难堪。

小公主升入初二，姑父要到省城的师大美术系脱产进修 2 年。他每周日下午坐车离开，每周五深夜赶回来。

姑父快毕业时，晓禾隐隐觉出姑妈家不再有往日的温馨快乐。终于有个周末，姑妈对姑父大喊大叫，原来师大校园里一个漂亮女孩疯狂地爱上才

华出众的姑父，姑父没能抵住诱惑。姑妈哭闹着要离婚，姑父泪落不止。爸妈和亲戚们都没能劝和他们。

周一早晨，天下着雨，姑父姑妈各自打伞走出家门，姑妈的包里装着签好字的离婚协议。晓禾孤零零地站在屋内，愣了几分钟，突然冲出门冒雨狂奔。

晓禾追上姑父姑妈，跪在泥泞的路上，雨水泪水冲刷着面颊。她哽咽着："爸——妈——你们既然要我做女儿，就得给我个幸福安定的家。你们要想离婚，也等我长大好吗？"

姑父心疼地把伞遮到她头上，沉默一会儿，拉着她转身往回走，姑妈也跟着回了家。

三

姑父回来的第 3 天下午，晓禾和同学们在老师的带领下，坐车到 80 里外的县城准备参加中考，住进招待所已是晚上 8 点多。整理考试用具时，晓禾才发现准考证忘在了姑妈家里，她急得抽泣起来。

不多久，一个熟悉的声音在门外响起，有人喊她的名字。她开了门，气喘吁吁的姑父递过她的准考证。

3 年来，姑妈每晚都要到晓禾的房间看她几次，给她铺床倒水讲难题。晓禾走后姑妈习惯性地到她屋里，一眼就看到书桌上的准考证，那时已没有到市里的班车，姑父拿起准考证租了一辆面包车赶到县城。

姑父的背影消失在楼道拐角处，晓禾的心里涌起一股无形的力量。

晓禾以全县第 3 名的成绩考入县重点高中。姑妈说住宿太艰苦，吃不好睡不好。于是，姑父到处求人，夫妻俩调到县城的一所中学。因了姑父姑妈的照顾、鼓励和指点，3 年后，晓禾顺利考取北京一所重点大学。

入学前，姑妈为她准备好一切。姑父送她到学校，把她安顿好，一个人出去了很久，买回很多晓禾爱吃的东西。姑父把这些大袋小袋的东西放到晓禾柜子里，又掏出一沓钱。晓禾说，姑妈给得不少啦。姑父硬塞到她手里，笑着叮咛："千万别省钱，缺钱时就打个电话。"晓禾送姑父出校门，他最后嘱咐几句，一步三回头地离开。

初秋的阳光下，她第一次清晰地发现，姑父穿的竟是几年前的旧衣服，他一向柔顺的黑发变得有些凌乱，发间夹了几根银丝。

大学期间，姑父经常去学校看晓禾。有次姑父来，满脸的憔悴，晓禾问缘由，姑父说太想她啦。放假回家才知道，姑妈做了胆囊摘除手术，住院近1个月，姑父又要侍候姑妈又要坚持上班。姑妈说，他怕扣出勤奖。那个假期她也才知道，姑妈患慢性胆囊炎已有多年，为了省钱从没到医院看过，每每夜间疼痛难忍总是让姑父给她揉揉，吃点消炎止痛药了事。病情发展到最后，姑妈的疼痛再也止不住，到医院拍片，胆囊已经坏死，只得做手术摘除。

同学说，你爸爸真好。晓禾开始笑着点头，什么也不说，接着泪就淌出来。她想起和姑父生活那么多年，只在那个夏日的雨中叫过他一声"爸爸"。

四

晓禾毕业后放弃了在首都的亮丽天空飞翔的机会。她回到姑父姑妈身边，工作，恋爱，结婚。

晓禾生女儿时难产，从不信佛的姑父姑妈跪在菩萨像前，不停地磕头求菩萨保佑晓禾和孩子平安。晓禾的女儿刚出生时，公婆还在上班，退休的姑父姑妈尽心照看。每次回姑妈家，常常是在晓禾和姑妈聊天时，姑父就把她的自行车冲洗干净，打足气，把车修理得特别轻快。

国庆时，晓禾夫妇带孩子去北京玩儿，早晨5点多到车站，姑父已推着自行车等在那里，水、零食、雨伞、应急药……姑父把一大袋东西递到她手里，又掏出一沓钱，那是换好的200元零钱。姑父说，出门坐车买东西，零钱花着方便。

一天下班回家，姑父正和女儿亲热地说着什么。他是来送包子的，晓禾

和女儿都爱吃包子。为了让她们晚饭吃上包子,姑父姑妈忙了一下午。姑父临走一再嘱咐晓禾要趁热吃,说包子放在纸箱里,保温着呢。姑父离开后却怎么也找不到包子。原来姑父忘记把包子拿进来,就带着完成任务的满足离开了。

类似的事经历过几次,晓禾感觉到姑父姑妈越来越老了。想到公婆还年轻,晓禾和爱人商量好把姑父姑妈接到家一起住。她好容易才说服了姑妈,姑父却说:“只要我们能动,就绝不拖累你们。”

姑父拿出一幅工笔画,阳光下,两棵茂盛的大树上结满沉甸甸的果子。果树正伸出手把果子递到树下的孩子手里。姑父指着画说:“每个人都会长成茂盛的树,结出爱的果实。每对夫妇都希望有自己的孩子,好把爱的果实送出去。我和你姑妈的生命本不完美,你的到来让我们不再有缺憾。我们因爱的果实完好无损地送出去而幸福快乐。”

晓禾忆想着和姑父姑妈在一起的幸福时光,潮湿的心突然明白,接受他们的爱也是一种回报,而自己,就是享受着姑父姑妈的爱慢慢长大的一枚最幸福的果实。

第三辑

你的天堂春暖花开了吗

尘世的日子，不紧不慢，在回眸一笑间，在洁净细密的掌纹间，在氤氲的花香中，走过地坎走过沟壑。风起的时候，洒落一地的锦上花，金黄，褐红，抑或一丝清浅的绿痕。是谁，陪你看繁花碎落，陪你看细水长流？

地瓜情结

刘 敏

1995年夏天，在我15岁那年临近开学的一个晚上，绵绵的夏雨下了一个礼拜，才有停的迹象，电视里正报道着市里的很多路段都涨了水。父亲苦着脸，手里执着我的中专录取通知书，心事重重地在里屋里走来走去，时而望望我，时而看看母亲。父亲叹息着，并不时用目光扫扫堂屋的门口。最后，父亲无奈地说："儿子，明天咱们去市里卖地瓜吧。"

"爸，"我怯怯地说："你要把它们卖了？"

"不卖，你哪来的学费？"父亲沉痛地说。

"可是，您答应过的，您要把这些地瓜送给外婆，您说20年都没给她送过东西了，这些地瓜就作为她的60大寿寿礼的。"

父亲重重地叹了口气，目光有些迷离，他说："地瓜，明年再送给你外婆吧，也不差这么1年。"

"我们种了1亩地瓜，卖了9分地了，就只剩这点了……说好了送给外婆，说好了要让她好好过个生日的……"我哽咽着说。

父亲俯下身，轻轻地摸了一把我的小脸，有些伤感地说："孩子，爸也不想这样啊。但我除了这样做，还能怎样呢？该借的我都借了，还是缺啊。"父亲不说话了。我就跑到母亲的怀里，脸伏在她的胸前，委屈地抽噎着。我感到母亲用瘦弱的小手轻轻抚着我的头，就像一阵凉凉的风。

透过朦胧的泪眼，我看见父亲正用篓子一个个地把地瓜放进去。父亲的手动了一下，我的心也跟着抽一下，我知道我是再也见不着那些地瓜了，再也不能和它们说我的心里话了。长这么大，我还从来没吃过地瓜，只是听

人说很甜，有时我也想偷偷尝一个，但刚伸出手，父亲的话就响在耳际："儿啊，你要好生看着，一个地瓜就能顶你半天的生活费啊。"我是多么渴望能在外婆过60大寿的时候，也尝一尝。只是现在，我的渴望已变成了奢望。

凌晨3点时，父亲就叫醒了我，父亲要我帮他卖。我还记着外婆的生日，心中不快，说："我还想睡觉呢。"父亲抬起头，望望夜色，说："要睡回来再睡，迟了就卖不到好价钱了。"我还想啰唆，看到父亲脸色不好，便赶紧闭了嘴，不情愿地提了一篮子地瓜，跟着父亲往外走。

外头夜色很浓，我们父子俩就在黑夜中摸索着前进。一个不慎，被石头绊了一下，我身子一个趔趄，篮里的地瓜就呼噜噜地往外滚。父亲在我身上拍了一下，生气地说："真是没用！"然后他就放下担子，俯下身子，小心翼翼地将那几个滚出去的地瓜摸了回来，又轻轻抚了几下才放进去。我知道自己闯了祸，站在旁边，说："我不是故意的，我真的不是故意的……"父亲原本是很生气的，但也许是看我年纪也不小了，也不能老用责备的方式，父亲的语气缓和了，只是说："儿啊，咱们快走吧，时间也不早了啊。"

当我们赶到市里时，天还没大亮，一团一团的雾就在我们眼前层叠着。路上到处是水，有的地方积水甚至有我膝盖那么深。这时父亲总会先过去，然后放下担子，接过我的，又小心地把我背过去。也只有在此时，我才真正感觉到父亲的背，是那么温柔，又那么有力。

终于挨到市场里，父亲给我买了一个大馒头。我吃着，父亲就看着我吃，我问父亲为什么不多买一个，父亲摇摇头，憨憨地笑着，他说他不饿。父亲的神情告诉我，他明显是装的，他不过只是想省点钱，回家再吃。我把馒头分了一半给他。父亲犹豫着，还是接了。

凌晨6点的时候，街上的行人渐渐多了起来。由于我家的地瓜又白又大，价钱也公道，买的人络绎不绝，很快50来个地瓜就只剩下3个了。我便催促着要父亲早些回去。但父亲只是摇摇头，像是在等什么人。父亲说："你要是想走，就走吧，我还要等等。"我也想走，但我看到一个老公公朝我们的地瓜走了过来。他驼着背，走得十分艰难。父亲像认识这个人，老远就跟他打招呼。老公公走到我们的篓子前,仔细地蹲下身子,看了看地瓜,又拿起一个,放在耳边敲了敲,才放下。他问地瓜多少钱一斤,我赶紧抢着答:“一块钱一斤,不还价!”父亲狠狠地瞪了我一眼,我假装没看到。老公公摇摇头,看样子是嫌贵。但是他没走,他努力挺了挺腰,说:“这几个地瓜也只是一般啊,能不能便宜点。”我心里哼了一声,暗想:你买就买,不买就不买,不要昧着良心说我们的地瓜不好。我忍不住冒出了一句:“你到底是买还是不买,反正一块钱一斤,没得商量!”

老公公微微把身体向前一倾,惊讶地看着我,问父亲:“这是你儿子么?是你那个读中专的儿子么?”

“是我的小儿子,读中专的那个,”父亲恭恭敬敬地回答,转过头又批评我:“小孩子家,说话要有礼貌!”

老公公又仔细端详着那3个地瓜,目光中突然涌现着一种亲切的神色,老公公问:“3个地瓜我一起买了,价钱能不能少点?”

我十分恼火,便大声说:“你认为这是卖废品啊,你要是不买,就请走开,别拦着我们做生意!”

“你这个孩子,说话怎么充满了火药味啊?”老公公说。

“您要是真心买,价钱可以少点。”父亲说。“那我要了,你称吧。”父亲便把那3个地瓜拿出来,放在篮子里,一起称了,称了之后,又把地瓜取出来,再去称篮子,这两下相减,最后是地瓜的实际重量。父亲说:“10斤。”明明是十斤半,怎么说只有10斤呢。我不满地瞟了父亲一眼,没有吭声。

父亲又说:“您老想拿多少便拿多少吧,您老又不是外人,就是送给你也成啊。”

老公公连忙摇摇头:“那不成,你们日子也过得挺苦的。我这里只有3块钱,你看行不行?”

“什么,3块钱,就想买3个?一个都买不到啊!”我大吃一惊,转头望望父亲,我想父亲会坚决不同意卖的,这哪是做生意,这分明是扔东西啊。

没想到父亲微笑着说:“成吧,反正是自己家的东西,就便宜着给您吧!”

老公公不说话了，从里裤里摸出一个肮脏的手帕，层层揭开，露出一沓纸票，全是些一毛两毛的零钱，老公公仔细地，一张张地数着。数好了，他把钱递给父亲，父亲也一张张地数着。

等父亲数完时，老公公已驼着背，提着东西，一步一步缓慢地向远方走去。父亲忽然听到旁边有两个老婆婆指着老公公的影子，小声议论着。一个说："他真是可怜啊，前天老伴去世，今天他儿子又把他的行李扔垃圾堆。"另一个说："是啊，他真是可怜，我看他买这些东西，肯定是去拜祭他老婆去了。如今这些年轻人啊，真是越来越不像话了。"

我的心猛地一沉，抬头看时，父亲眼睛红红的，过了许久，父亲用一种异常沉痛的语气说："孩子，我们怎么能这样呢？我们怎么能收人家的钱呢？"

"爸，"我难过地低下头，"我们也不知道……"

"今天，咱们父子俩可是丢尽了脸……"父亲说着，一行清泪就落了下来，父亲抹了把脸，又说："孩子，你等等，我去去就来。"

我大声问："爸，你知道他家在哪里吗？"

父亲边跑边说："我知道！"

这是我看到坚强的父亲第一次落泪，至今想起，心中依然沉痛。

寻找适合自己的土壤

薛俊美

初中毕业后，家里实在拿不出供她上学的钱了，她只好一个人背井离乡去外地打工。

先是在一家小餐馆，没日没夜地洗碗、洗碟子、洗筷子。她的手浸泡在洗洁精中，泛白，起皱，然后脱皮，出血，疼得钻心。可是餐馆的老板娘还骂她，说她吃得比猪还多，干活却懒得要死。老板娘常常在客人面前给她难堪，甚至在她不小心摔碎一摞盘子后，对她拳打脚踢还不解恨，让她拿出一个月的工资来赔偿。

她憋住眼泪，更加小心谨慎地刷盘子，争取把活干得漂亮，饭桌上能少吃一口是一口。一个常来餐馆吃饭的老人说，这小姑娘刷碗简直像个机器人，一个接一个，也不喊累，一直刷不停。就算她这样能干，老板娘还是天天骂她，说她眼睛带有一股子狐媚气，勾引她老公，害得他们夫妻关系日趋紧张。

说实话，老板人很好，看不下去妻子对她的飞扬跋扈，有时免不了站在她的立场帮她几句，想不到这更是捅了马蜂窝，老板娘直接下达最后通牒，让她赶紧滚蛋。

拿着被老板娘东扣西扣的工钱，她离开了这个让她备受煎熬的餐馆。走投无路的她，真想回家好好哭一场。可是想到家中体弱多病的父母，还有两个等她挣钱交学费的妹妹，她抹干泪，四处应聘。无奈她一无技术，二无经验，只有一副能出大力吃大苦的身板，等她的总是一些工钱微薄的体力活。

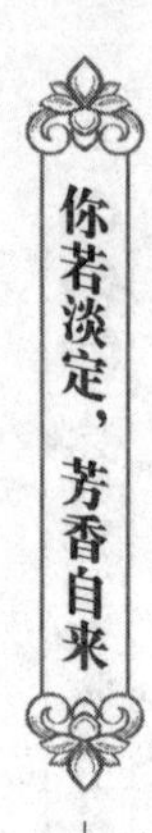

最终，她在一家制衣车间找到了工作，给加工好的服装剪线头。工钱是按件算的，一天下来，她处理好的服装有一人多高，连车间主任都说她干得又快又好。一天下来，高强度的流水作业，让她的眼睛充血，手指肿胀，两条腿像灌了铅，真想趴在床上痛痛快快睡上一觉啊。

宿舍的工友姐妹，玩游戏、煲电话粥、一起逛街买衣服鞋子，干什么的都有。她心里不想要这样的生活，总觉得生活应该是另外一番模样，可找寻不到路口，翻来覆去睡不着。一转身，看见对面上铺的姐姐，戴着耳机，正在专心学英语。一旁的姐妹正骂她："缺心眼儿啊你，发了工钱不赶紧买件好衣服打扮打扮自己，都二十四五了也不知道找个帅哥恋爱结婚。我们这些服装厂的工人，念个破英语能当饭吃、当衣穿？还不如去夜市逛逛，说不定还有份艳遇呢！你娘让我好好劝劝你，要不是一个村里的好姐妹，我才懒得费唾沫星子呢！"

打扮好了的姐妹们闹哄哄出门了，逼仄的宿舍只剩下床上烙热饼的她和那个口中念念有词，挤时间学英语的姐姐。

或许是看出她心中的疑惑了吧，那个姐姐放下书本，挤到她的床上，两人并排躺着。姐姐说："我家小妹跟你差不多，我挣钱供她上高中哩。天天埋头死人一样做工，干到老也没出息，还累出一身病。你还小，得替自己打算打算，哪块地才是适合你自己这粒种子的萌发地。"

她似懂非懂，就问："姐姐，你在车间工序上是锁扣眼，学英语对锁好扣眼有帮助？"

姐姐笑着拍了一下她的额头："傻女子，扣眼，咱好好锁；英语，说不定哪会儿就能派上用场。等用着了你再学，那不晚了三春了吗？你把她们出去玩耍的时间积攒起来，读点书，学点习，一年下来，积攒的知识不少呢！"

她心里的火苗，被姐姐一撩拨，腾一下燃起来了。可问题是，自己初中学那点儿英语，早跑爪哇岛去了。

姐姐不愧是她肚子里的蛔虫，翻起身盘腿坐着，说："你呀，肯定不想一辈子都剪线头吧？抽空琢磨琢磨姐妹们喜欢的衣服款式，试着画设计图，机会总是给有准备的人的。打个比方，你是一粒蒲公英的种子，那就要找寻一块春天的沃土生长；你是一株芦苇种子，就要找寻一块适合发芽的水乡；就算你是一棵仙人掌，也一定能找到适合自己生长的沙漠。”

一席话，说得她心里亮堂堂，热乎乎。一直以来混沌、懵懂的心，仿佛一下开了窍，除去工作、吃饭，她竟不舍得浪费一分一秒，恨不能把全部的时间都拿来学习。工友们嘲讽打击的对象，现下有两个了，她和那个姐姐。当姐妹们冷嘲热讽的话阴阳怪气地砸过来，她和姐姐对视一笑，全然不理会，一个继续念经，一个继续涂鸦。

不知不觉，春去秋来。厂子里接了一笔大订单，可是陪同的翻译却因食物中毒住进了医院，急得厂长成了热锅上的蚂蚁，那可是上百万元的大订单啊！姐姐毛遂自荐，商务英语呱呱叫，几天下来，投资的外商竖起了大拇指。厂长当场拍板，姐姐连升3级，由蓝领一跃而成为高级白领，工作环境和待遇，天上地下，今非昔比。

她打心眼儿替姐姐高兴。有时姐妹们出去逛街，剩下一个孤零零的自己时，她常常对着对面空荡荡的上铺说：“姐姐，我们一起加油哦！”然后，继续更用功地读书、学习，从不懈怠和偷懒。

县里两年一度的服装设计大赛开始了，在姐姐的鼓励下，她勇敢地报名参加。从没有上过正规院校的她，初生牛犊不怕虎，竟然捧得大奖归，成了厂长钦点的服装设计师。

镁光灯下的她，莞尔浅笑成一朵温婉的莲。记者发稿时这样写道，她是一粒仙人掌的种子，四处漂泊，途径池塘、泥淖和丘陵，最后来到了荒无人烟的沙漠，扎根向下，努力汲取水分，向上舒展茎叶，努力撷取阳光的暖意，绽放了葱茏碧翠，成长为沙漠中的一朵奇葩。

她眼前仿若出现了当初姐姐盘腿坐在她的床上，劝慰和安抚她的时刻。每个人，都是一粒小小的种子，干好自己分内工作的同时，每天坚持读书、学习，总有一天，你会遇见适合自己发芽的土地，不管是红土地还是黑土地，不管是池塘还是沙漠，你一定能成长为一棵顶天立地的大树，开出繁花朵朵，绽放属于自己的精彩和美丽。

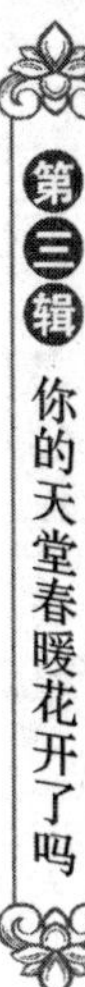

你的天堂春暖花开了吗

薛俊美

我只记得，那天，特别清冷凄厉，阴沉沉地，压得人喘不过气来。

而妈妈早已昏厥过去，我和姐姐穿着孝服，一个端着盛满纸钱的盆子，一路走，一路撒下纸钱；另一个扬着一根小木棍，扯着稚嫩的嗓子带着哭腔喊："爸爸，魂回来呀，回来呀……"周围响起的是一片呜咽和叹息声，这是怎样一幅令人不忍耳闻目睹的凄惨景象！

那年，姐姐10岁，我只有8岁。

在亲戚和村人的帮助下，我和姐姐把亲爱的爸爸安葬入土。

我和姐姐跪在爸爸的坟前，头上是漫天飞舞的纸钱和从天而降的鹅毛大雪。这些，至今鲜活定格在我心的最深处，不敢碰触，却已汩汩流淌出痛楚和难言的悲伤，汇聚成一条忧伤的河。

我就这样在一个单亲家庭中长大，特别清楚一个单亲家庭的孩子所承受的苦楚。单亲家庭的孩子内心的凄苦，那是没法用语言来描述的。

村里的孩子有时欺负我和姐姐，说些"没爸的孩子，打了也没人管""你爸爸死了，你成了野孩子"之类的话，生性倔强的我总是要和人家拼命，姐姐就使出全身的力气拖我回家。关上门，姐姐抱着我默默流眼泪。

想爸爸了，我就抱着二胡来到爸爸的坟前，那是爸爸留给我和姐姐唯一的物品。真的，那上面还留有爸爸手掌的余温和痕迹。村里的老师念及幼小的我的凄苦，抽空就教我拉二胡。尽管枯燥乏味，但我在进弓出弓的间隙，寻到了一丝丝父爱的温馨和回忆。渐渐地，我居然也拉得像模像样。

当再有孩子故意找茬挑衅、欺负我们，姐姐看我咬牙切齿又要和人家拼

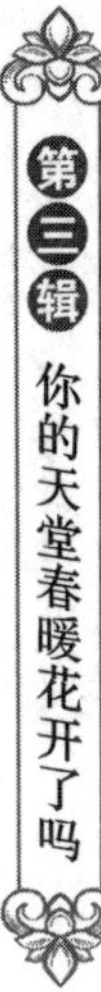

命的时候，就会对我喊："小暖，爸爸留给你一把二胡！"一瞬间，我泪流满面，转身就朝家跑，抄上二胡，狂奔到爸爸的坟前轰然跪下。

姐姐陪着我，一陪就是几个小时。呜咽的乐曲声，和着掠过的风声，一起唱给长眠于地下的爸爸听，我的心也渐渐地回归平稳。我用心体味着丝竹声中爸爸的回应，似乎，有一些声音滑过我的耳膜："人总要学着长大，慢慢变得坚强……"

后来，当再有孩子故意嘲笑我没有爸爸的时候，我还是会攥紧拳头，但是很快我的拳头又会慢慢地、悄悄地放下。我学会了当这些话是空气，继续我的学习和生活，仿佛风中又掠过爸爸在我的乐曲声中和我说的话：人总要学着长大，慢慢变得坚强……

爸爸撒手人寰，当时妈妈才 30 岁，她一个人咬牙把我和姐姐拉扯大，非常不容易。我内心非常敬佩我妈妈，但同时也有一些缺憾，那是她今生怎么也弥补不了我的。

妈妈没有儿子，在那个特殊的年代，爷爷奶奶根本瞧不起我妈妈。爸爸走了以后，就再也没有人关心妈妈、姐姐和我了。

妈妈很要强，出工干活一点儿也不比人家差。这可就苦了我和姐姐，8 岁的我和 10 岁的姐姐经常心惊胆战，眼巴巴地趴在门缝上盼妈妈干完活，早点回家。记忆中的天黑得特别早，风声特别恐怖。姐姐总是很懂事地抱着我，可她自己都吓得打寒战。我现在都特别胆小，要是有人在我背后突然走路或说话，我就吓得心惊肉跳，好半天都缓不过神来。

妈妈一个人干活，总是付出比人家更多的时间和精力。当她拖着疲惫的身躯回家时，夜已经很深了，我和姐姐也在寒冷、饥饿和惊恐中睡着了。现在我有时睡得很熟也会突然惊醒，害怕门突然被坏人撞开，还经常失眠，就是偶尔睡着了，睡眠的质量也很差。

没有了爸爸，家中就缺少了顶梁柱，妈妈被生活的重担压得喘不过气来，整天都心事重重，唉声叹气。我和姐姐经常挨打，被妈妈骂更是家常便饭。有时候妈妈骂我和姐姐骂得很难听，当时我很恨妈妈，甚至想长大后就

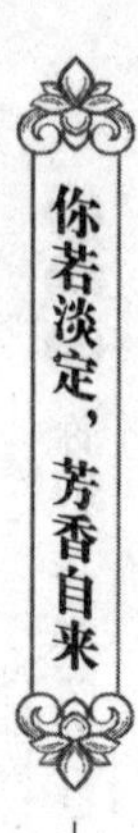

离家出走，再也不回来。

那一次，妈妈又毫无理由地责骂我，我热血涌上头来，一转身冲出了家门。外面狂风暴雨，还有一个接一个的炸雷。我脸上分不出是泪水还是雨水，深一脚浅一脚地狂奔着，心里只有一个念头，离开这个家，离开这个蛮不讲理的女人。

也不知道跑了多远，也不知道跑了多久，我累极了，倒在地上就睡熟了。醒来却发现，我卧在爸爸的坟前，搂着一抔黄土入眠。而坐在一旁的是姐姐，怀里正抱着我心爱的二胡。

姐姐递上二胡，我拉的是《二泉映月》，泉清月冷，晨风拂袖，掠过我的脸颊，顺势滴落的是一地的清泪，就连坟头的一把黄草也在呜咽哭泣。

我抬起手擦拭泪滴，不经意间一瞥，她，那个女人，我的妈妈，就站在不远处，也抬起衣袖在擦拭满脸的泪。我想，她一定是从我的乐曲声中，听见了昔日爸爸拉二胡的声音，读懂了爸爸坟上的衰草战栗在风中的话语。

看着她瑟瑟站立风中，那憔悴的面容，那被风扬起的略显肥大的裤脚，那擦拭眼泪骨节粗大、掌面粗糙如松树皮的手。风愈吹愈猛，她瘦削的身影仿佛不堪一击，随时会被风吹走。而额前摇曳的一缕头发，垂下来，遮住了她满是褶子的额头。此刻，她，那个女人，那个蛮不讲理的女人，我的妈妈，显得那么弱小和无助。

我的喉咙一紧鼻头一酸，泪水又悄然滑落。这一刻，我读懂了她，我能够理解她，骂我和姐姐那是她发泄苦闷的一种途径。如果有法子，我相信她一定不会这么蛮不讲理地对待她的女儿。也许，她心里的苦，远比我想象中的要多得多。我此刻突然认为她一定是不得已而为之，一定！

记忆中妈妈从来没有抱过我和姐姐，总是一脸苦大仇深的样子。妈妈怕人家欺负我们家，总是一副很强硬的模样，逮谁和谁打，所以回到家见了我和姐姐也像一只挓挲着毛的母鸡。幼小的我多么渴望妈妈能抱抱我，可是没有。我也不敢跟妈妈提这个奢望，但是那份渴望却成了我心中永远的痛！现在我一见到年轻的父母抱着自己孩子的那种亲昵，眼泪就不由自主地流下来，心痛得无法呼吸。

我放下手中的二胡，走上前去，就像抱住心爱的二胡一样拥住了我亲爱的妈妈。

她僵直了身体，显然没有意识到我会有这样的举动。我紧紧地抱着她，姐姐也是，我们一家3口就这样站立在风中，我喃喃自语："妈妈，爸爸一直和我们在一起，他一直在用二胡诉说着他对我们的爱和关怀！"

妈妈突然屏住呼吸，继而转身把我和姐姐拥入她温暖的怀中，凄厉地哭腔划破了旭日东升的晨空。

而那风中，摇曳耳边的依然是吱吱呀呀的二胡声，还有爸爸温暖的话语：人总要学着长大，慢慢变得坚强……

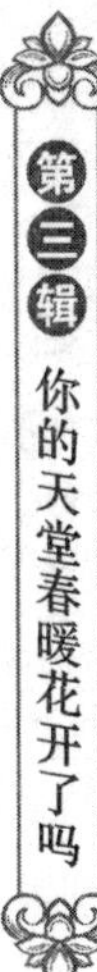

注册爱的昵称

薛俊美

一

印象中，门卫老王是个凶巴巴的老头。没事总爱站在单位门口，身着洗得发白的制服，头顶雪花样的发，神情严厉，语气坚硬，不停盘问出入的人们。

“说你呢，站住！什么，找人？不行！这是学生上课时间呢，等下课吧！”

“你——对，就是你，这是学校，没有酒瓶子，你收酒瓶子去对面的居民小区！”

“停住，停住！校园内不准骑电动车来来回回，请下车步行，不然撞到学生可不得了！”

…………

老王头聒噪嘶哑的声音，很多时候吵得我皱着眉头快速通过他的地盘。但他并不因为人们的眉头紧蹙而稍微收敛一下自己的严肃和呆板。

当然，老王头并不是天天在此作威作福，一年中，春秋两季，老王头会请几天假，回家帮老婆劳作地里的庄稼活。都说农活不等人，老王头回来的那几天，腰更弯了，脸也黑瘦憔悴。但这并不影响他照样吆三喝四。

“哎，你这个同学，学生证呢？揣口袋干啥，亮出来，职业学校的学生学技术，不丢人，给我堂堂正正走路！”

“你们几个男生，怎么随手乱扔瓜子皮呢？要是大家都像你们，我们校园可就成垃圾场了！给，扫帚，收拾干净走人！”

“哎哎哎，那个女同学，长得恁俊，心可不俊了啊！花坛里的花给大家看的，你一朵一朵揪下来可不行！花疼不疼，嗯？没事揪你的小辫、揪你的耳朵你疼不疼？！”

被训斥的学生，一个个面红耳赤，嘴里嘟嘟囔囔表示着不满，可还算听话。打闹的，停止了；捂着学生证的，大大方方亮出来，自信满满走出去；掐花捏草的，红了脸，嗫嚅说下次从家里搬盆好花补偿下。

这群半大不小的学生，在老王头破锣样的嗓音里，一茬一茬走出去，又迎来了一茬一茬新生。上面的一幕幕，又开始重复循环播放，就没个消停的时候。

谁料，老王头竟然在上个月，因病离开了这个世间。以往的追悼会，都是去几个单位头头抚慰家属，可在老王头的追悼会上，屋子里、院子里全是默默垂泪的人们。有一些，还是专程从外地赶回的已毕业参加工作的学子。他们流着泪说，老王头心里只有校园，只有学生，他用爱给自己的心灵注册了一个崭新的昵称——我们的老王头。

老王头，愿你一路走好！

二

办公室新来了一个小姑娘，胖乎乎的身材，圆圆的脸，一双眼睛总是笑眯眯的，大伙都很喜欢她。

最近，单位的公务繁忙，经常有来参观学习的兄弟单位的同志，他们带来的花篮摆满了门厅和走廊。鲜花是美丽的，但是经不起时间的摧残，没几天就蔫了。办公室主任大手一挥，扔！

一个花篮，少说也几十元吧，说扔掉就扔掉了，真可惜。那个上午，新来的小姑娘跑上跑下，忙忙碌碌，额头上竟沁出了细碎的汗珠。

我打趣她说，喂，小姑娘，减肥呢还是被老虎撵着了？她呵呵笑着回复

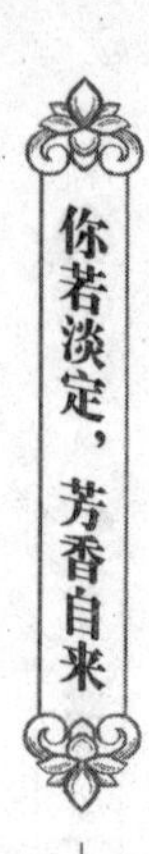

我，姐啊，等会儿你就知道了。

不多时，小姑娘怀抱一束鲜花，笑吟吟走进来，姐，给你们办公室的，可都送完了，累死我了！

原来，小姑娘不舍得扔掉那些凋零的鲜花，经过一番细心的摘残弃枯，又精心点缀，一朵朵凋零的花，又重新绽放了缤纷，释放了妖娆。美，在劳动和汗水中诞生。

插在装满清水的玻璃瓶子里，小姑娘一个办公室挨着一个办公室去送。望着小姑娘微红气喘的脸，一向沉默寡言的科长也颔首赞许，不错，谢谢你送的美丽和芬芳。

想起了贾平凹的《通渭人家》中说，越是缺水，通渭人就越是喜欢着花草树木。栽几朵花，天天省着水去浇，一枝一叶精心得像照看自己的儿女。所以这些花，开得都有笸箩那么大、那么美。因为，那是用爱心浇灌和培育后注册的花朵，一旦开放，就会将贫瘠的土地映衬出姹紫嫣红的娇媚和妖娆，一如眼前小姑娘捧来的清水中的几朵花，美丽明媚了所有人的眼睛和心情。

这个早晨，真美。

三

小区刘姐是个苦命人，儿子没出生丈夫就出了车祸，变成植物人，自己一个人硬是撑起了这个摇摇欲坠的家。

屋漏偏逢连夜雨，儿子3岁时患了一种奇怪的病，站不起来，刘姐硬是手抱肩扛，用脊梁背着，驮着儿子上完小学上初中，一节课也没落下，儿子的成绩超棒。

社区搞慰问，让我给写篇新闻稿，我也随着一起跑了几家，刘姐是第一家。

一进门，清清爽爽的风拂着窗帘迎上来。房间面积不大，却拾掇得井井有条。墙壁上贴满了一张张的字画，有儿子画的，也有妈妈写的。我来了兴

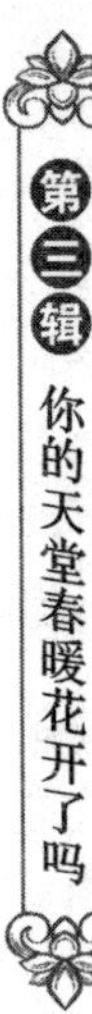

趣，拿着相机“噼里啪啦”一通狂拍。刘姐的儿子摇着摇椅一路哈哈笑着过来，阿姨，要不要我摆个造型啊？瞧，这样咋样？他做着鬼脸哈哈大笑。

刘姐跟在后面，笑骂着，臭儿子，旁边有摄像呢，还这么张牙舞爪的，也不怕叔叔阿姨们笑话！语气里，是掩饰不住的疼爱。听得出，刘姐也是一个快言快语的人。

“妈妈，等我长大了，给你买好多好多好吃的！”

“妈妈，等天暖和了，我俩去山上玩吧！”旁边，还画着一大一小两个人手拉手、头顶头的笨拙的蜡笔画。

“儿子，老师奖励你的棒棒糖，可真甜啊！姐姐和哥哥还想吃——”

什么，姐姐？就娘仨一块过日子，哪来的姐姐和哥哥？看到我们一大群人一脸的问号，刘姐不好意思地说，臭儿子都是喊她姐姐，喊老爸哥哥。像是印证我们的话，刘姐的儿子俯身在老爸的身边，手握着老爸的手，头挨着老爸的头，挑衅般地说，我说哥哥呀，有本事起来和我单挑呗！

躺在床上的植物人老爸，竟然从眼角沁出了一滴清泪。刘姐说，儿子很懂事，每天都用这种半是挑衅半是央求的语气，喊醒老爸，这孩子呀，有多盼着老爸起来走一走啊。

我们一行人心里酸酸的，刘姐抹抹眼睛，笑了，仰起头看着我们说，我们仨，会一直一直在一起。这个家，不会散。

刘姐儿子在一旁拽着我的手，阿姨，等会让我姐姐做饭给你吃吧，她烙的葱花油饼是天下一绝哦！

哈哈哈，笑声飞出窗外，就连躺在那儿的刘姐丈夫，分明也笑了。这个家啊，暖着哪！丈夫成了植物人，儿子残疾了，家的瓷片碎了一地。刘姐硬是用爱将破碎的瓷片一片片粘好，重新给这个家注册了一个新的昵称：我爱我家。

我们都是这个世间一粒粒的尘埃，从来处来，到去处去。这一段说长不长，说短不短的旅程，老王头聒噪爱管闲事，新来的小姑娘爱花爱美丽，刘姐左手丈夫右手儿子，他们用悲悯感怀的心，暖了周围的人，授人玫瑰的余香也让他们的心灵注册了新的昵称——有爱，好暖。

坚强的理由

周静思

坐在我面前的是一个饱经风霜的苦难女人，她刚过了50岁的生日，如果保养得好，注重食材滋补、生理调节，这个年纪女人脸上的皮肤还会白皙中透着微润的光泽。但现在的她满脸皱纹，皮肤黑而粗糙，乍看上去似乎是六七十岁的老妇人了。

她很早就结婚了，那时候并没有多想，看到身边同年纪的女孩子都成了家，觉得是要结婚的时候了，就这样与见过两次面的他走进了婚姻的殿堂。

婚后的生活远没有想象得那么美好，他一直在外地打工，新婚过后，他又离开了村子。他不在身边，她自然挑起家庭的大梁，那些年里，砍柴、种田、锄草，她默默地做着一个农村女人要做的农活。

后来她有了孩子，而他回家的次数越来越少。逆来顺受的自卑和软弱根深蒂固在她的思想里，她从不问他挣了多少钱，他也从未把自己的工资交给她保管。她和他似乎习惯了这种生活方式，在家是夫妻，出门却成了陌路人，互不通电话问候，也不与对方见面，甚至有一年的春节，他没有回家，他只说没有挣到钱，不回家了。她已经是两个孩子的母亲了，也不去多想，她把全部心思都用在家庭，几乎忘记了外面的世界。

转眼过去了几年，看着村民们的漂亮楼房都要盖遍村子了，她下了决心到城里打工。但他并不认可她的选择，说她已是30岁的女人了，一个从未外出打工的30岁农村妇女到了城市里能做些什么呢？她说，她吃得了苦，只要有活儿有工资，再苦再累她也能做的。

就这样到了他打工的城市，直到此时，她才知道他所谓的工作就是东打

一家、西打一家，每间工厂只待上两三个月就走人，有时候连工资也不要了。没钱的时候，他去找朋友借或是借住在朋友家里。

她住在租来的廉价平房里，由于很长时间没有找到合适的工作，身无分文，她以为他会陪她度过那些艰难的日子，却听到了令人心寒的话："我要你这个没用的女人做什么，我要去找那些有本事会挣钱的女人。"夫妻本应是同林鸟，共同构筑温暖的爱巢。风雨来时，男人就像一把伞遮挡；霜雪来袭，有男人宽阔的胸膛温暖。可是他却用这种方式伤害了她，把她伤得遍体鳞伤。

她搬出了两个人租住的屋子，为了解决食住问题，她没得选择，进了一间电子厂，在流水线上做着辛苦的活儿。每天中午，别人在休息时，她却到附近的工厂捡垃圾，然后拿去卖掉换钱。她省吃俭用，穿着简朴的衣服，除了寄伙食费给孩子外，其余的钱都存进了银行。

他一直没有到她的工厂找过她，她忍不住去找过他，到了两个人租住的屋子，房东告诉她，他已经退了房。如果是朋友，人走茶凉也是情理之中，但两人毕竟是夫妻，他就这样悄无声息地跑掉了。她没有哭泣，因为他们之间从来就没有真正的共同语言。当她再见到他时，已是春节回到村子，但两个人什么话也不说，互不相干，各做各的事情。

在两个孩子念初中时，她凭着辛苦挣来的钱，把旧屋子拆掉，盖了座没有装修的两层楼房。之后，她又外出打工挣钱供两个孩子读书，直到两个孩子中学毕业。原以为粗茶淡饭、平平安安地把日子一天天过下去，在两个孩子都到了20岁的年纪时，他却带了个年轻的女子回家，要将她扫地出门。

两个孩子读书时没能指望他帮上忙，盖房屋时也得不到他的经济帮助，如今说不要她就不要她了。为了给孩子一个完整的家，她从来都软弱妥协，忍气吞声。但这次却是她结婚以来吵得最凶最厉害的，她说带她回家可以，井水不犯河水，他另建房子两个人住，她和孩子住自己辛苦挣钱盖的房屋。孩子们也站在妈妈一边，他们可以没有爸爸但不能没有妈妈。

他吃不了苦，没能好好干过一份工作，没有钱建不了房屋。最后两个人

协议离婚,他带着那个女子在外面租房子住。村子里的人都劝她再找个男人过日子,但孩子是她的重心,她也是孩子走好人生路的希望。

这样相安无事过去了几年,两个孩子先后娶了媳妇又有了各自的孩子,她在家带孙儿悠闲生活,苦日子终于熬出了头啊,可谁又想到还会节外生枝呢?

他又带着那个女子回到村子,要住在唯一的屋子里。当年建的这座房屋,在两个争气的孩子的努力下,已是豪华气派的3层楼房。他好吃懒做,这么多年来几乎是那个女子挣钱养他,但她的身体状况越来越糟糕,不能再像年轻时靠一张可爱的脸蛋吃饭。在那些红尘往事里,多数艺妓都是别人手中的玩偶,为了结束浮华的风尘岁月,找到意中人,过上平静的生活,是她们的幸运。福深福浅自然不去追问,重返故土,或许是迫不得已。

这一次,她妥协了,她上了岁数做了奶奶,经历过风雨曲折的人生,前进路上没有过不了的坎。她心平气静地照顾孙儿过日子,对于他和她在楼上楼下的出现也是宽容对待。他赢了,在外人眼里他是多么让人羡慕的男人。

听完她的故事,我不禁嘘唏,都说婚姻可以改变一个人的命运,不幸的根源是她不与命运抗争而甘于任人摆布的宿命吧。她给自己的男人生孩子、养孩子、养家像是天经地义的责任,任劳任怨却从不去想要被自己男人爱惜疼惜。

或许当一个苦命的女人嫁给一个男人,并有了自己的孩子时是不会计较太多的,也顾不上去想那么多了,为了孩子为了家,她可以不惜付出一切代价,包括生命。

追　梦

周静思

每天黄昏，我倚在阳台，看着对面的小山，都会注意到山上生长着的高大挺拔的松树。松树是松科松属植物统称，常绿针叶乔木，最耐寒，和梅、竹被称为“岁寒三友”。无论春夏秋冬、严寒酷暑，松树依然苍翠傲然挺立在土地上。每当看到松树，总会让我想起曾经追逐梦想走来的岁月，想起身后那些深深浅浅的脚印，却无法再回到过去，只能在记忆的空间寻找。

2007 年春初，我拖着行李箱，行走在乡村寂静的小路上，现在想起，当时的选择是对的。在经济大潮下，村子里的大部分村民都到城里打工或经商，大片田地被杂草填埋。随着日益增长起来的经济水平，人们的生活条件翻天覆地地发生了改变，仿佛一夜之间，一栋栋漂亮的楼房在村子里拔地而起。邻居的楼房和自己住的低矮屋子形成鲜明的对比，对此，我很是伤感。

转眼过去了几年，看到那些背着行囊走出村子的村民们，一颗安分的心开始躁动起来，我想我不能再像过去那样生活了，我要走出去。

走到村口，听到了孩子凄凉的哭叫声，想到孩子一直生活在母亲身边，突然一下子分开了，该是多么伤心悲痛，但是为了将来能让他们的生活好过些，我别无选择。我泪流满面，转身走上了长途卧铺大巴。

记不清楚多少次了，我又一次游荡在人潮拥挤的街头，看着周围匆匆忙忙的脚步，深切体会到了独自在外谋生的艰难。有个年轻女子吃力地踩着三轮车，她神情茫然，背上驮着个熟睡的婴儿，有个五六岁的孩子哇哇大哭着坐在三轮车上。此时，我觉得我和她的命运竟是如此相似。曾经，我是个衣食无忧的孩子，生活在经济优越的家庭里，一切改变都是从成了家之后开

始的。突然想起了句谚语，生活在父母家里不是幸福，只有在老公那里才是幸福。这真是现实生活的写照。这时，一位衣衫破烂的乞丐来到我面前，伸出污脏的手，我掏出坐公交车剩下的钱给了她。春天已经来了，但天还很冷，阴沉沉的，我的双眼随着气候变化而潮湿。绝望时，我不知道别人会做出怎样的选择，是倒回去重新找一条路，还是勇敢往前行走。白昼渐渐被夜色笼罩，再过个把小时，傍晚下班的时间到了，到那时，成群结队的打工仔、打工妹如潮水般涌出工厂。最后我做了一个决定，还是继续朝前走去。走了大约二十分钟，一块红纸黑字的招牌映入我的眼帘，我来不及多想，走进了那家石材装饰公司。一个叫卢文莲的漂亮女子上下打量着我，结果竟是我意料不到的。

跟单业务的职位不是很适合我，但人有时候为了生存必须去克服难于登天的困难。我总是对自己说，我能适应，能应付，哪怕再苦再累，哪怕再添伤痕，于是逼着自己去做自己以前从未做过也未遇到过的各种事情。每次与客户见面前，我都会准备好笔记本，对方提到什么问题，自己需要怎么回答，然后又要怎么样劝说才让对方心服口服，事前练习好几次，再面对客户和客户的问题时已是驾轻就熟。

前进路上最可怕的不是黑暗，而是停止脚步。事非经过不知难，知难而进，从学习中取得经验而进步才能提高能力。我就是用这样原始而粗笨的方式战胜了一个个困难。我很快适应了这份看似繁杂琐碎实质缤纷多彩的工作，每天都乐此不疲地行走在每个建筑工地里，在每个工期完成任务时享受着成果带来的惬意。感恩一切磨难，感恩一路上伸出的援助之手，一心要将这份工作进行到底。只是夜阑人静时，每当窗外飘过游荡的歌声，内心深处柔软痛楚的部分总是被触动，眼泪也不争气簌簌流下，脑海里浮现的依旧是离别时孩子的痛哭表情。

2009 年春末，我行走在家乡县城的工业大道上，宽阔的街道车水马龙，路边耸立的一栋栋漂亮厂房，竟让我惊叹这里已变为北部湾新兴工业城。如今时代观念不同，在沿海一带发达致富的商人巨贾回到自己的家乡投资建厂,由此解决了无数农民工的生活困难和后顾之忧。

没有什么比拥有一个完整和谐的家庭更能让人安心的了。我离开原来的那间公司,在家乡的小山城谋得一份普通的工作,虽然工作不是很令我满意,收入也不是很多,但我依然很高兴。每个周末,我会骑着摩托车回到距城二十多千米的乡下,早上又赶三十多分钟的路程到公司上班。节假日还带上小孩到城里逛公园走商场,那是快乐的幸福时光。

又是一年的春天,我走在路上,路旁的榕树长出了绿叶,花圃里五颜六色的花朵光彩夺目。路边是正在建设的建筑物,多年前见过的旧楼房和空旷的草坪地不见了,取而代之的是正在施工的新楼盘。这座城市正在经历日新月异的变化,隔几天就有新的建筑出现,大批从四面八方而来的人们汇聚到这个城市里,寻找着最初的梦想。时间长了,你会发现,你在一个城市里努力奋斗,只是为了在城市的某个角落里有属于自己的那温暖的一扇窗。当你在一个城市里生根发芽,这座城市就会像流淌着的血液般深深溶入你的骨髓,渗透到你的每一寸肌肤。我突然想,在这里蜗居下来好了。

不久后,我如愿在一处青山碧水的商业区里有了属于自己的蜗居,孩子也来到城里读书,生活。当年留守在乡村的女子,因为对生活的渴望追求,通过知识而获得一种鼓舞努力向上的精神力量,不停地奋斗进取,梦想终于抵达彼岸。

在我完成手头的稿件时,已是黄昏,站在13层的阳台往外面望去,距离楼房约百米处有座小山,小山与楼房的高度大概一致,我可以把山上的景色尽收眼底,伸出手还能触摸到松树在风中摇曳的枝条。

是的,松树倔强,坚韧。生命如是,人生如是。

八百里地尽孝心

张素燕

明天是奶奶的生日。我刚接到母亲电话,说她已在回家的路上,11 点到。母亲不容我多问,就挂断电话,她怕浪费电话费。我心里咯噔一下,心都提到嗓子眼了。母亲是怎么回来的？她是怎么买的票？坐的什么车？我的心里像敲起了小鼓,七上八下,忐忑不安。

母亲都六十多岁的人了,不听我们儿女的劝阻,硬要去北京打工。在我们不知道的情况下,母亲跟着村里的一个包工头和另外几个人,一同坐上了北上的列车。我们都很担心。大字不识一个,又从未出过远门,且上了年纪的母亲,到那儿人生地不熟的,又得给人干活,能受得了那罪吗？尽管我们每天一个电话问候,但还是放心不下。我很心疼母亲,多次劝她回来,可她硬说没事。她走了两个多月,一直没有回来过。主要是因为没人和她做伴回来,她一个人不会买票,不敢回来。这次奶奶过生日,我们都不让母亲回来,可没想到她竟然回来了。这是第一次出远门的母亲第一次一个人从八百多里地之外的北京回来。

车终于到站了。头发有些花白的母亲,挎着一个多年前自己做的大布包,手里拿着一个小折叠板凳,还穿着那一身已有两三年的朴素衣服。“娘,累吗?”看着母亲风尘仆仆的样子,我心疼地问道。“不累。”母亲无力地笑着说。可憔悴不堪的面容,遮不住她的疲惫和劳累。当得知母亲是坐火车回来时,我们都很震惊。去火车站买票坐车,是件很麻烦、很琐碎、很累人的事情,连我们经常出门的年轻人都发怵,何况大字不识一个,又没出过远门,又上了年纪的农村母亲呢？她是怎么去火车站的呢？又是怎么从火车站买的

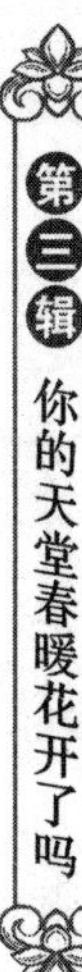

票呢？在我们的再三问询下，母亲给我们讲述了她去火车站买票的经过。

她昨天早晨就从工地出发，边走边问，换乘了两辆公交车，一路颠簸来到火车站。到了火车站，人山人海，行人熙熙攘攘，每个售票口都排起了长长的队，母亲也不知该从哪儿买票，见人就问，碰着耐心的人还跟她搭个腔，但大多数人对她理都不理。母亲问了半天，才走到售票口排上了队。好不容易轮到自己，售票员说只能买第二天的票，而且票也快卖完了。午饭时，她随便吃了点东西，然后就在那儿等着。在跟一个去石家庄的中年女子聊天时，她说母亲坐的车有夜车，建议退票，重新买票。可大字不识一个的母亲哪会退票啊！她问这个，问那个，不知遭了多少白眼，受了多少冷落，最后在一个好心人的带领下，退了票，还扣了两元钱。为了表示感谢，母亲给那个人买了一袋瓜子。然后她又去重新买票。这次买的是凌晨四点的车票。可买上票了，母亲长出了一口气。母亲慌张着，晚饭也没吃东西，就这样一直在大厅里等着。

“那您晚上怎么睡的？”

“哪儿还能睡呀！候车室里人满满的，连地上都横七竖八地坐满了人，都没有下脚的地儿。我就来回走着站了一宿，没睡。”可怜的母亲啊，竟然站了一宿，没睡觉。六十多岁的人了，身体哪儿能顶得住呀！还记得我上次从北京回来，坐的是晚上九点的火车。在火车上困得不行，可睡不舒服，怎么也不得劲。到站时已是夜里三点，然后又开上我们的车回家。1 个小时的路程，让我承受了痛苦的煎熬，到家后，我匆匆地合着眼洗漱一下，然后就进入酣睡梦乡，一直到第二天中午一点才醒来。从那以后，我再也不坐夜车了。那个受罪劲儿，至今让我想起来都难受。

而母亲的火车，竟然没座！得站着。我的天呐，一个六十多岁的老人，一晚上没睡，凌晨四点要站上五个小时，那哪儿能受得了啊！“出门光碰见好心人。”母亲感激地说。一个像我们这般大的小伙子，看她累，就给她买了一个小板凳，也就是她拿回来的那个折叠小板凳，可母亲给他钱，他说什么也不要。善良的小伙子，我们替母亲感谢你。因为你的善举，给一个从没出

过远门的农村老大娘带来了方便，也给火车上的行人送去了温暖，更给她的家人带来了感动。你是我们大家学习的好榜样。母亲就这样，一晚没睡，辛苦劳累地坚持了五个小时，于今天上午九点到站，然后又坐上了回我们县城的汽车。

看到母亲这么辛苦，我们说："娘，这么远，你还回来干什么，自己人又不会怪你。"可母亲却说："话可不是这么说的。你奶奶过生日，这是大事，不能揭场的。别说是在北京，就是在国外，我也得想办法回来。"听着母亲的话，我们的眼睛湿润了。爸爸姊妹五个，当年奶奶忙着看其他孩子，顾不上管我们。母亲一个人带着四个年幼的孩子，忙得不可开交，致使当时仅有七个月的我从炕上滚到紧挨着炕的灶火上。当时火上烧着一锅水，我就掉进了锅里，还好，抢救及时，从大难里捡回一条命。我身上也留下了见证生命意义的伤疤。村里人都知道母亲生活得艰难，没个替手的帮忙。可她毫无怨言。母亲对奶奶特别好，有了好吃的，都要先给奶奶送去。母亲还经常给奶奶买衣服。奶奶有事了，母亲都是第一时间奔到前面，忙前忙后，整个一顶梁柱。

母亲困得都睁不开眼，我们劝她睡会儿，可她却急着要去看奶奶。母亲给奶奶穿上她从北京买来的一套漂亮衣服，一件红底碎花短袖和一条灰底带有大花朵的宽松裤子。奶奶穿上新衣服，更显得精神矍铄，富态体面了。

"百善孝为先"。母亲用她的实际行动为我们做出了很好的表率。这八百多里地不仅仅是一张火车票，不仅仅是六七个小时的车程，也不仅仅是在火车站站了一宿，更不仅仅是饱含着艰辛与困难的路途。这是一份感天动地的孝心，这是一种此时无声胜有声的语言，这是一种一切尽在不言中的亲情。

八百里地的孝心，平淡中浓缩了多少真情！没有惊天动地的壮举，没有可歌可泣的事迹，只有一片真心，一片深情。

父亲的草帽

王国军

在我家橱柜里的最上层,摆放着一顶草帽,上面沾满了我和父亲的大头贴。每一天回家,我都会习惯性地打开橱柜,充满感恩地回忆父亲戴着草帽的情景。

我们住在城市最穷的贫民窟里,父亲在建筑工地上打工,靠卖体力赚些生活费,从没出过远门,他这辈子最大的希望就是让我们能去外边闯闯。哥哥高三那年没考上大学,辍学去了广州,读初中的我便成了父母心中最大的目标和希望。

1998 年,我顺利考取了湖南师范大学,成为我们村第一个考取名牌大学的人,父母乐坏了,可没过几天,他们就为巨额的学费犯愁了。望着家徒四壁的房子,我第一次流下懊悔的眼泪,如果我不考那么多分,他们也就不会如此着急了。我说:“我不读了,我要像哥哥一样去挣钱养你们。”父亲火了:“你哥哥就是因为书读得少,在外面连自己都养活不了,学他那样,那你就一辈子都没出息了。”我沉默了。

晚上吃饭时,母亲特意炒了一个青椒肉丝,肉丝还是母亲去求肉店老板好多次才赊到的,母亲夹了一筷子给我,她郑重地对我说:“孩子,安心读你的书,不要担心。就算卖了这房子,我也要供你读完大学。”

话是这么说,可借起钱来,就头疼了。那阵,父亲天天在外面奔波,跑遍了所有的亲戚好友家,求遍了能求的朋友,离我的学费还差一段距离,最后,父亲一咬牙,以 3 分的利息借了一千多元。

俗话说,穷人的孩子早当家。我更是恨不得把一分钱掰成两半来用。

为了省钱，我早上用开水泡从家里带来的黄米粉，中午和晚上买两个烧饼或者馒头，再泡杯开水就算了事，一月到头，我才吃一顿肉。我还在勤工部找了份清洁的活，即使如此，还是觉得钱不够用。

大三后，班上很多同学都开始谈恋爱，我成了寝室里唯一的单身，他们想给我介绍，被我拒绝了，我连自己都养不活，还有什么资格去涉足爱情呢。1999 年 12 月 6 日，我刚准备起身，从腹部传来的一阵剧痛立刻让我昏厥过去。当我醒来时，人已经躺在医院了，医生说我是急性阑尾炎，需要立即动手术，否则有生命危险。赶来的班主任二话不说，帮我垫付了医药费。

手术后的第三天，同学告诉我，你父亲来了，正在班主任那儿。我心一惊，心想父亲怎么知道这事了，我原本是想瞒着他的，我不希望他们再为我担忧。隔了一会，一个戴着草帽的人敲门进来了，是父亲。

我挣扎着想爬起来，被父亲喊住了："你们学校真大，要不是有同学带路，我真迷了路。怎么样，好些了吧。"

我点点头，父亲在床边坐下，脱下草帽，我看见他的头发白了一片。

"好了，好多了。您怎么来了？"我问。

"要不是你班主任告诉我，我们还不知道呢。"父亲有些责怪，"孩子，以后有事情不要瞒我们了，有什么苦难，我们四个人一起去承担，毕竟，我们都是一家人啊。"

我忽然想起父亲的那句口头禅：咱家虽穷，可也要穷得有志气。我点点头，父亲又仔细打量了我一番，微笑着说："真好了，那我就放心了，这里还有些钱，你拿着用。"说着，父亲从内裤兜里摸出一个塑料袋，打开袋子，里面有一沓钱。父亲仔细数了数，一共是 615 元。"600 块，你拿着。"

600？我不由得一愣："再加上医药费，哪来的这么多钱？"

父亲干咳了一声："还不是东凑凑，西借借。哎！孩子，钱来之不易，要省着花。"父亲把 600 块钱放在我的手里，又看了看，把最后的 15 元也放在我手上。

我惊讶地问："爸，都给我了，你回去怎么办？"

“我这腿扎实着呢。”

我捧着这带着父亲体温的钱，含着泪点了点头：“爸，你放心吧。”

父亲在外面买了一个馒头，然后进来跟我告别，刚走出门，他又转头说：“孩子，回家贵，寒假要是没什么特别的事，就不用回来了。我和你妈都好着呢。”

我心头一震，默默地点了点头。

转眼，寒假来临，我想起父亲的嘱托，一个人留在寝室看书，这一切都被班主任看在眼里，有一天晚上他喊我到他家吃饭。吃了饭，班主任郑重地掏出 50 块钱给我：“孩子，上次你爸爸给钱时，多给了 50 块，你拿着做路费，逢年过节的，怎么能不回去呢?”

我含着眼泪收下了，当天就买了回县城的票。

夜色降临时，我走到家门口，本来想给他们一个惊喜，推开门，我傻了。里面摆着各种各样的高档家电，这是我的家吗？我揉揉眼睛，不敢相信这眼前的一切，一个小女孩走了过来：“你找谁啊?”

“这是我的家，你怎么在这？我爸爸妈妈呢?”我放下书包，疑惑地问。

从厨房里走出一对中年男女，上上下下打量了我一番，男的说：“你应该是老王的儿子吧，你这房子，你爸爸早卖给我了，他没跟你说么?”

只感觉脑袋嗡的一声，我差点栽倒在地上，我问：“什么时候的事情?”

“大概三个月前。”男人想了想，说，“你那次得病，你爸爸没钱，只好把这房子卖了。”男人笑了笑，“这房子虽然破了点，但住起来，舒服。”

“他们在哪儿?”我咬着牙，尽量控制着眼里的泪水。

“就在人民路三号的工地上，快去找他们吧。”

我强忍着泪，直往外面跑，当时我脑子里只有一个想法，我是个不孝的儿子，连唯一的窝也因为我被迫卖了，我心里深深自责着。

也不知道跑了多久，我看见一处围墙包围着的空地上树立着几个帐篷。跑近时，第一个帐篷里传来父亲的声音。掀起门帘，父亲戴着草帽站在梯子上补顶棚，母亲在一旁做饭。

“爸！妈！”我走过去，泪水不争气地流下来。他们先是一愣，半晌后，母亲叹了口气，说：“我知道你会回来的，回来了就好，这个家虽然简陋了点，但至少还可以住。”

“我去买斤肉，再打二两酒来，好久没喝过了，今天得痛饮一番。”父亲脱下草帽，我看见他的头发白了一大片。

那一天，父亲跟我唠叨了一晚，到最后，他竟然醉了，母亲和我把他扶进去，母亲说：“你爸爸这几年过得实在太苦了，长大了记得好好孝顺他。”我含着眼泪点点头。

刚过元宵节，父亲便催着我早回学校，送行的时候，父亲从内裤袋里摸出塑料袋，也没看，就塞在我的手里，我说：“上次那钱，我还没用完，这些，你们留着，都操劳了一辈子，多买点肉补补身体。”

父亲火了：“叫你拿你就拿。省城不像我们小县城，哪个地方不需要用钱?”父亲叹了口气，继续说：“你也老大不小了，如果有合适的，就找一个，钱该用的时候就用，我和你妈妈，在这里还能赚些钱，你不用担心，做好你该做的事情就行了。”

我的眼泪一下子淌了下来，点着头接过了钱：“爸，你多保重，我走了。”

回到学校，我找了两份家教，虽然累点，但我过得很充实，大学毕业后，我谢绝了好几个名牌企业的邀请，回到了生我养我的家乡，做了一名记者。

那年父亲生日，母亲想让我给父亲买顶新草帽，可父亲不肯，他说：“这帽子，都戴了十多年了，早戴出感情了，舍不得扔。”

如今，哥哥也回到了家乡，办起了厂子，父母便到他那儿帮忙，我也时常去看望他们，父亲每次都说：“叫你不要跑得这么勤，就不听。真要有本事，就带个丫头回来，年纪都一大把了，还不考虑自己的事情，我和你母亲都等着抱孙子呢。”

我笑笑，照旧往哥哥公司跑。今年元旦，我带了个姑娘回家，父亲才取下了那顶戴了十多年的草帽，父亲笑着说：“是时候让它退休了。”

每次回家，我都照例要看看那顶草帽，我知道，父亲的言行举止，早已深深刻入了我的记忆，也将影响我的一生……

第四辑

奔跑的蜗牛

当我们情绪低落时，其实就是我们的心情进入了寒秋。秋风瑟瑟，会吹灭一个人的向往。当我们冷漠时，其实就是我们的心情进入了冬季。冰冷，会冻结一个人的美好和热情。只有心情像春天般温暖时，才会拥有一个美好的梦。有梦，生命才会拥有美好和希冀。有梦，生命才会拥有体温般的爱。

守望樟园

巴 陵

相识樟园,从到湖南师范大学读书开始。每次心情郁闷,我就到樟园走走,感受那里的学习气氛和诗意青春,这可以缓解我的忧郁,稳定读书的心情。

樟园是湖南师范大学文学院教学楼前的一个小园,因种满了樟树而得名,虽然命名为樟园,还有兰花、梧桐、桂花等草木。园子不大,林中有几张石桌、石凳,供学子歇息。我第一次见到樟园,它已经被铁栏杆团团围住,只留一个拱门进出。樟园建了多久,我没有仔细考证,看着一棵棵参天樟树,便知道有些年月。

初到樟园,我已经自南方漂泊数月归来,心情非常烦闷,很想找方净土疗治。我在文学院中文系学习文法,上下课都要经过樟园一角,偶瞰樟园,认定那是我的净土,心灵的归属。

为了修身养性,我从 1999 年秋天开始,在家里阅读了一个月的书籍,最后还是来到岳麓山脚下,接受学校教育的熏陶。那时,我的作家梦时刻纠缠着我,把狂妄的我锁进梦想的天堂。勤奋学习文学,却始终与作家的距离甚远,苦闷的心情令我觉得只有樟树可以听懂我的心声。学习文学理论、交流文学思想、提高写作水平,本是我来湖南师范大学读书的动机,可是环境告诉我只有文凭可以当作敲门砖,幼稚的文笔终究无人理睬,一生的梦想完全冲毁,唯一让我眷念的是樟园的诗情画意。

在文学院 405 教室的走廊上,可以鸟瞰樟园全貌。望着近在眼前的樟园,我却无法走进林中歇息。我羡慕在樟园里看书、朗诵的学子,他们的举

止让我兴奋，他们的行动又让我胆怯。

我不是学校的风流才子，不好的谣言却时常穿过我的耳朵，令我心有余悸。我跨进樟园，同学在405教室的走廊上看得清清楚楚，我的一举一动又成了新闻热点，我只能悄无声息地躲避一些事情。

我不是喜欢出风头的人，更没有勇气在大庭广众之下招摇，樟园成了一栏之隔的雷池。在湖南师范大学念书的四年时间里，明目张胆地进樟园歇息只有一次，那是高中同学阳来湖南师范大学看望我，有他作陪，买了些零食和水，在樟园里闲聊了半个小时。

我最喜欢樟园的春天，特别是兰花开放的时候，我百看不厌，总想到樟园寻找诗意的感觉，给我的文字来点灵性，却因为栏杆横隔，终究无法体会兰花的生命劲歌。

樟园，每个角落都充满诗意，让人遐想、缠绵。春夏两季，花草茂盛，让人沉醉在生命的活力中，不能自拔。

初春梧桐，扬撒着满园花朵，洁白的梧桐花雨点般点缀着园圃，淅淅沥沥的雨滴，敲击出清脆的声响。冒雨踏青，轻轻踩在花瓣上，让人感觉圣洁无比，虽有惋惜，更让人怜惜青春生命、美好时光。

梅雨绵绵，散放春天心情，树林下的兰草，忍耐了一冬的寂寞，终于可以斗艳争芳。小小的白喇叭，连成一片；晶莹的星点，或蓝或绿；油绿的嫩叶交错铺底，让人无法用文字形容兰花的美丽。还有那绚丽的紫罗兰，紫金花朵，闪着电波，淋露雨点，更有柔情万种，江南情调浮现。

夏日爆阳，穿透不了浓密的树叶，阴凉的树下石凳，给人以无限冰凉舒畅。卵石小径，可以尽情地踏着碎步，寻找脚底柔韧的窝点。坐在阴凉的诗情画意中，涌上心头的是种幸福，栏杆之外，看到这些也是种幸福。我却常常带着诗人的忧郁和惆怅，行走在樟园之外。

樟园的秋季，是桂花的收获季节。偌大的园子，浸透桂花的气息，幽香满园。夜深人静的时候，绕过樟园，幽香阵阵，尾随左右。我时常诗兴高涨，潜入樟园，选处僻静的角落坐下，不惊醒夜间的虫鸟，不打扰情意绵绵的情

侣，不邀朋唤友，享受一个人的世界和一个人的快乐。

深入金秋，万物黄艳，生命气象敲响尾声，梧桐阔叶飘落，兰草凋萎，稀疏的樟叶，透过阳光，洒落在桌凳上，斑斑点点，把整个樟园装饰得富丽堂皇，胜过皇家园林。学子归意，雪粒散落，树枝冰凌，景象更新。

离开学校后，我住在学校旁边的学堂坡，下班后，还像读书时一样，抱着书本到教室自习，趁着夜色朦胧看看樟园。不到一年，我搬到望月湖，远离学校，远离学习环境，做着自己的苦学之旅。我还喜欢去樟园，与同学见面，约在樟园，一是可以重温同学时光，二是我的樟园情结作怪。樟园就像我生命的一部分，难割难舍。

住处与学校越来越远，心中的樟园越来越明显，我终于认识到文字锁住的心结。在苏州工作的刘剑钊、广州工作的徐上峰每次回长沙，我都会安排他们到樟园走走，坐在冰凉的石凳上回忆同学往事，有股惬意。

樟园几经改建，昔日的栏杆已经不在，兰花也少了许多，在樟园学习和歇息的人却越来越多。我到湖南师范大学办事，等人的时候常到樟园去坐坐，虽然身份和年龄已经不太适合那里的环境，我却想寻回当年樟园的感觉，那诗意的樟园、根植我心中的樟园。

奔跑的蜗牛

侯拥华

或许是出于冲动，或许是为了释放内心压抑过久的不满，那天，在学校运动会报名活动中，他毫不犹豫地报了10 000米赛跑。当他在报名册上写下自己名字的时候，班里立刻响起了雷鸣般的掌声，许多的同学都将嘴巴张成了“O”形——这实在是太意外了，一向体弱的他，怎么可能呢？

大家的惊诧是有根据的，他在班里年纪最小，身体最弱，更重要的是，他母亲40岁得子，自然对他宠爱有加，他一向是班里最受“爱护”的人，他怎么能承受10 000米奔跑的辛苦呢？别说10 000米，就是1 000米，他恐怕也很难坚持下去。

然而，不为大家所知的是，最近他的情绪低落到了极点，他太需要一个发泄的途径了。最近，他母亲下岗了，在外面摆起了地摊，很晚才回家，父亲又刚刚在工厂里伤了腿，正打着石膏在家里养伤。一向忙碌的父亲从来没有这么清闲过。父亲一清闲下来，他立刻就忙碌起来。那天晚上，父亲厉声对他说，小子，明天就开始学干家务吧，也是时候了！于是，从第二天起，他放学回家后便开始忙碌起来。儿子，去做饭；儿子，把地扫一扫；儿子，去看一看你妈回来没有；儿子去把屋子收拾一下……父亲不绝于耳的唠叨，让他心烦不已，可他又能怎样呢？母亲不在家，父亲又有伤，他不干谁来干？他不得不沉下头，忍着怨气，手忙脚乱地劳作。

那天，傍晚回家，母亲还没有收摊，在父亲的监督下，他将晚饭做好了。刚停下来喘息，父亲又叫嚷起来，小子去把饭盛过来，老子饿了。他压抑着不满，盛了一满碗的热饭，向父亲走去。或许是没有在意脚下的板凳，或许是太在意手中的碗了，总之，那天他一个趔趄就摔倒了，一碗热饭实实在在地扣在了父亲的脸上。刹那间，父亲暴跳起来。他赶紧为父亲拿湿毛巾。而父亲红肿着脸，怒火难消，抢起手中的拐杖，就打在了他的腿上，顷刻间，他那条腿便浮肿起来。父亲开始大骂起来，王八蛋，想害死老子不是！他怒了，咆哮着说，老子还不伺候了！然后摔门而出。从此，他和父亲开始了针锋相对的战争。战争的硝烟，让他和父亲之间有了一条难以逾越的鸿沟。

比赛的日子很快到了。那天，他把憋了一肚子的怨气全部用在赛场上。当发令枪响起的那一刻，他如离弦的箭飞了出去。第一圈，他遥遥领先。可是到了第二圈，他就开始体力不支了。经常不运动的他哪里知道，万米赛跑不仅仅比的是速度，更比的是耐力。由于冲得过猛，三圈过后，他已经是最后一名了。再往下跑，他越跑越累，两条腿像注了铅一样，似有千斤重，汗水不停地顺着他的脸颊淌落下来。

眼看着，别人已经超越他好几圈了，而他喘着粗气，一点儿力气也没了。后面的路还很长，他实在没有体力也没有信心再坚持下去了，疲惫不堪的他真是心急如焚。他开始频频向观众席寻求支援和理解，可投去的目光毫无回应。甚至，响起了喝倒彩和嘲笑声，更让他丧失了继续奔跑的勇气。

他开始放慢脚步，扭摆着身躯艰难地向前走。他大口喘息，表情扭曲，想要放弃的念头在他心中不停地闪现。他终于还是决定放弃比赛，转身向跑道外走去。

这时，在观众席旁边的出口处，忽然闪出一辆轮椅来。轮椅上坐着一个中年男人，正缓慢地向他驶来。他抬头望去。令他难以置信的是，那人就是他的父亲，腿上还绑着白色的绷带。

他并没有告诉父亲他要参加这个项目的比赛呀。瞬间，他的心被某种东西击中，疼痛却又温暖。

在他的注视中，那辆轮椅向他缓慢地驶来。他驻足，向父亲望去，走近时，他看见了父亲脸上布满了的细细密密的汗珠。父亲双手挪动着轮椅来到他身边，并没有言语，而是越过他又缓慢吃力地向前挪移着双轮……

站在父亲身后,他看到了父亲苍老的身影。那辆轮椅载着的父亲和那些奔跑的对手相比,就像一只缓慢向前爬行的蜗牛……

他僵在那里,不知所措。

父亲忽然就转过头来,冲他吼:“小子！还愣什么？振作起来！就是蜗牛,也要做一只奔跑的蜗牛!”

父亲的话语一下子惊醒了他,他开始奋尽全力地向前“跑”,只是慢了些,但他内心充满了力量。

那天,赛场上,他再也没有生出放弃的念头,而是缓慢而疲惫不堪地坚持到了终点。而在他的正前方,总有一个威严的背影和他共同挪移,不时传来刺耳的吼叫声。奇怪的是,那天父亲粗暴的言语并没有让他再生怨恨。他心中升腾起来的是疼痛与温暖。

赛场上,两只兴奋而又努力奔跑的“蜗牛”,成了引人注目的焦点,观众席上掌声不断地为他们响起。

再也没有那家诊所了

胡　识

一大早母亲就打来电话，要我在现居的这座城市找一家诊所。然而，母亲和我对那家诊所都不太了解。母亲也只是听村里的某个人说，那家诊所有个医技精湛的老医生，开几粒祖传药丸就能治好像我爷爷那样的由晚期癌症所引起的发烧不退 。可村里的那个人记不起那家诊所和那位老医生的名字，在模糊的记忆里，那家诊所大概就是坐落在省医院附近。

虽然我也知道这世上不会有人可以治得了晚期癌症，但我还是答应了母亲的要求，去尝试着找找那家诊所。因为我不想让母亲失望，而我也很难走出绝症的阴霾。

挂掉母亲的电话，匆匆吃过早餐，乘坐这风中城市的公交车，我为爷爷寻医的这个微不足道的故事便开始了。

在省医院大门口下了车，首先进入我眼里的不是那些高楼大厦，而是那四通八达的交通路线。因为我不知道该先走哪条路，我害怕自己迈出的第一步就是个错误的选择，否则不好的预兆便会在潜意识里侵蚀我对爷爷生命的渴望。就在我为自己的焦虑而思来想去的时候，不知道是什么东西推了自己一把，我的脚步便朝着北边的那条路径直走去了。

“走这么久了怎么还没看见一家诊所呢?”朝北的方向像乱了阵脚的行人，在摇摇晃晃的寒风中发出内心的不满，我能感觉到自己也在经历着一场噩梦。

“不行，都走这么远了，该换个方向了。”经过艰难的决定，终于，我又沿着相反的方向寻去了。经过长时间的行走、打探，朝南的方向依然没有我所

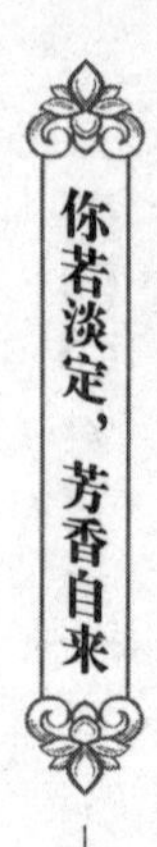

渴望的那家诊所。风越刮越大，我的体力也差不多消耗殆尽。“如果接下来的方向还是找不到那家诊所，我该怎么办？爷爷该怎么办？”内心的嘈杂不由得让我想起了十多年前爷爷为我寻医的那些日子。

我7岁那年，由于父母感情不和，我初患小儿麻痹症时便没有引起父母的重视。在时间的拖沓下，终于有一天，病情的全面爆发把我推进了医院，我得接受各种由小儿麻痹所引起的对症治疗。但那时家里穷，父母交不起我的医药费。于是，我便被医院赶回了家中。而父母只好每天互相埋怨，听天由命。

后来，在外地打工的爷爷得知了此事，便揣着10 000块钱积蓄心急火燎地赶了回来。可这10 000块钱就像石子丢进了水里，我的病情并没有得到逆转，反而越来越重。就在父母想彻底放弃治疗的时候，爷爷却将我扛在肩上，每天早出晚归地带着我在民间寻医问药。也不知经历了多少个风风雨雨的日子，多少次重重地下跪求助，爷爷就像一位勇猛的常胜将军，无数次从阎王手中抢回了我。

或许上苍就是喜欢用磨难考验世人，当它发现你有摧不垮的意志力时，它便会把你的命运扭转过来。是的，在爷爷的不懈努力下，我的病情便慢慢地得到了缓解，直到有一天我能重新回到父母的怀抱，走到伙伴们的中间，站在人生起跑的路上。

如今，我长大了，爷爷却老了，我健康了，爷爷却生病了。我有什么理由不去为他多做点什么？即使现在没谁可以治得好爷爷的癌症，母亲要我找的那家诊所可能是虚幻的，我也该像听到这个消息的第一反应时，那般期待，那般激动。想着想着，我的脚步又稳稳地挪了出去，开始了第二次寻找。

经过长时间的努力，终于有一位路人知道我所要找的那家诊所。于是，我按照他指的方向找到了它，不过出乎我意料的是那家诊所的大门是紧闭着的，屋顶长满了青苔，周围落满了尘埃。

后来经过打探，我才知道那家诊所已经关闭好几年了。那家诊所创办于2003年，关闭也在2003年。而那年刚好流行非典型肺炎，它只为那时开。

夜晚,我想将自己这边的结果告诉母亲,但当我接通母亲的电话,正要开口的时候,母亲却说村里的那个人那年并没有患癌症,她的发烧仅仅是由感染引起,而她却被吓成了精神分裂。母亲却将一个精神病人所说的话告诉了我,要我在这座城市寻找那家诊所。

带着一些伤心结束了和母亲的通话,我开始在床上翻来覆去。直到看见碎片在空中漫天飞舞的时候,我才明白自己心中的渴望是那般强烈。即使自己是一位学医者,我也做不到像叶子那样宁静无瑕。我多少都会带有对生命的侥幸心理。就像我 9 岁那年能够侥幸地活下来,就像我 17 岁那年能够侥幸地再背上书包上学,就像我 20 岁那年能够侥幸地不用南下打工。当然,那些所谓的侥幸都是爷爷用自己的生命为我开处方,而那些苦中带有丝丝甜味的药所治好的不仅仅是我的身病,更是我的心病,它让我懂得了成长的意义。

孩子的微笑，就是父亲的春暖花开

金明春

一位老农在一片玉米地里除草。偌大的一片玉米地，只有老农一个人弯腰劳作着，那些玉米苗像他的孩子，齐刷刷地在他身旁长着。

有些草长在玉米苗的根上，用锄头除掉的话，很容易弄伤玉米苗，甚至连玉米苗一起被除掉。这时，老农会弯下腰，一只手按住玉米苗根部的土，然后用另一只手把那棵草轻轻拔掉。

这一切被路过的一对父子看到了，他们停下脚步，看起老农除草来。

这对父子是来郊游的，看见老农这么呵护玉米苗，触景生情，父亲对儿子说，你看，这些幼苗就像你们小孩，在大人的呵护下会慢慢长大的。

儿子懂父亲的意思，脸上绽放着幸福的笑容，他看着老农精心地清理着杂草，看着那绿油油的玉米苗欢快地生长着。

突然，儿子脸上露出愁容。接着，儿子的眼泪流了下来。

在一旁的父亲马上明白了，儿子看到了老农在铲除一些羸弱低矮的玉米苗，像丢弃废物一样把它们铲掉。这和刚才爱护有加的情景简直是判若两人。侏儒症的儿子从小身体就弱，个子比一般的小孩矮很多，为此他经常感到自卑。此时，看到老农在铲除羸弱低矮的玉米苗，他感到就像自己也在受到嫌弃一样。

父亲走到老农身旁，悄悄地对老农说，能不能先不要除掉这些弱苗？最好对这些弱苗好一些。

老农疑惑地望着父亲。

父亲简短地说了原因，老农马上爽快地答应了，说，哦！我明白了！

老农又开始他的劳作了，但遇到羸弱矮小的玉米苗的时候，不但没有除掉，反而更加精心地清除周围的杂草，而且还从不远处的水渠里取来一些水，浇在这些羸弱矮小的玉米苗上。

这一切被这个孩子看到了，只见这个孩子脸上露出了微笑，也跑过来一起帮老农给玉米苗除草、浇水。

父亲明知故问地问老农，为什么对弱苗反而更加爱护。

老农笑呵呵地说，弱苗只要生长，也能长高长大，也能结出大玉米来。再说了，没有什么所谓的强和弱，只要有充足的水土，苗子就可以生长。

在一旁的孩子听到了，脸上的笑容更加灿烂了。

也许，这次小小的经历会给孩子以后的成长带来无限的正能量，从而使得这个孩子勇敢自信起来；也许，只是给孩子带来短暂的微笑和快乐。但是，对于父亲来说，孩子的微笑，就是父亲的春暖花开。

这个孩子是一个学习上很吃力的孩子，学习名次总是落在其他同学的后面，他有些丧失了自信心。一天，他流着泪对父亲说："我确实脑子反应慢，确实不聪明，我会一事无成的，我该怎么办呢？"说着，他哭起来。

父亲也知道孩子笨，比不上那些聪明的孩子。自己的孩子虽然笨，但他总是自己的儿子啊！父亲不想伤儿子的心，便安慰他："不要紧，慢慢会好的。"

听多了，儿子便不信了。他知道自己的父亲是为了安慰他，便说："您总是说我慢慢会好的，您一定是骗我的。"

父亲想了想，说："孩子，我怎能骗你呢？你是我的儿子啊！"

父亲接着说："是小狗跑得快，还是骆驼跑得快？"

"当然是小狗啦！"儿子说。

"对，是小狗跑得快！骆驼笨笨的，跑得也不快。但是把一只小狗和一匹骆驼放逐在沙漠中，开始，一定是小狗跑在前面，但最终走出大漠的，会是哪一个呢？"父亲说。

儿子说："小狗！"

父亲说:“不对,是骆驼。虽然小狗跑得快,但在茫茫大漠里,经过长时间、长距离跋涉,小狗会无法忍耐的,它最终会被大漠吞没。而骆驼就不同了,它虽然跑得并没有小狗快,但它有坚毅的耐力,耐干渴,可以长时间、长距离地跋涉,所以,最终走出大漠的是骆驼。”

儿子点点头,说:“我明白了！我懂了!”

儿子不再为自己的笨拙而失去信心,他努力学习,刻苦攻读。

当我们情绪低落时,其实就是我们的心情进入了寒秋。秋风瑟瑟,会吹灭一个人的向往。当我们冷漠时,其实就是我们的心情进入了冬季。冰冷,会冻结一个人的美好和热情。拥有好心情的春天,才会拥有一个美好的梦。有梦,生命才会拥有美好和希冀。有梦,生命才会拥有体温般的爱。春天,一切美好的、快乐的、幸福的,都会在这个季节汇集。春天的阳光,是世界上最明媚的光。它拥有宇宙的体温,它赋予生命的力量。拥抱阳光,生命便鲜活起来。给自己一个春天,也就给自己一个希望;给自己一个春天,也就给自己一个生机盎然;给自己一个春天,也就给自己的心情一个温暖;给自己一个春天,也就给自己的生命一个活力。

父爱,是一种力量。沿着父爱的光芒,会走向成功的地方。每个孩子都是掉落凡间的天使,家长就是第一任为他缝补翅膀的人。

让阳光照亮内心的每一个角落

犁　航

每次回老家，德福都高兴得像个孩子，莫名快乐和兴奋，他觉得这是一种特殊的旅游——有旅游的新鲜，有回家的快意。但这次却不同，德福愁眉不展，还暗自叹气。这一切，逃不过德福爹的眼睛。

酒喝到半晌，德福爹试探着问德福，遇到什么棘手的问题了？德福说，人际关系！德福爹说，说说嘛，别憋坏了！

德福说，在乡镇工作的时候，每天都开开心心的，但拼命奋斗到城里，谁知却处处碰壁。德福爹问，碰壁？

德福说，从小，您教导我，对每个人都要笑脸相迎，给每个人一片灿烂的阳光，这样，阳光就会照亮自己内心的每一个角落，整日生活在阳光灿烂的世界里，这就是人生的幸福！

德福爹说，这有什么不对吗？

德福说，以前在乡镇工作，给同事们笑脸，给村民们笑脸，那里的人都很厚道，都能投桃报李，给他们一个微笑，他们丝毫不怀疑你的动机，也给你一个微笑，所以处处阳光灿烂，感觉非常幸福。但是，自调进城里，情况就全变了。很多城里人把我的谦卑当成懦弱，甚至当成软柿子，想掐就掐，想捏就捏。就说那个看门的李大爷吧，单位上有谁拿正眼看过他？有谁跟他打过招呼？就我！每天上下班，我都客客气气地跟他打招呼，跟他问个好。但是，前天早上，他竟然提高嗓门吆喝我。原来，我身后跟着一个收破烂的，人高马大，目中无人，进门时看也没看李大爷一眼，径直就进来了。李大爷没敢拦他，却吆喝我——谁让你带进来的？你不知道机关大院的规矩吗？赶

紧带出去！当时上班的人多，李大爷嗓门大，吸引了不少人的目光，让我非常尴尬。我赶紧说，我不认识这个人，我没带人！收破烂的漫不经心地回过头，瞪着眼对李大爷吼道，嚷什么，我是张书记的亲戚，办公室主任安排我处理整幢楼废旧的东西，你吆喝什么？我又不是第一次进来！听说是张书记的亲戚，李大爷赶忙说，哦，您是张书记的亲戚，怪不得看您面熟呢，进去吧！这还不算，连管理小区公厕的胡大哥都不把我放在眼里，你说每天上公厕那么多人，有谁拿他当回事？没有！就我当他是个人！我看他干着最脏最累的活儿，不容易，很尊重他。昨天早上，我路过公厕，肚子疼，想上个厕所，他和他老婆两人都在里面刷地板，你说他老婆一个三十来岁的女人，我怎么好意思当着她的面宽衣解带？我就说，胡大哥，请嫂子出去一下，人有三急呀。胡大哥没好气地说，没看见正忙着嘛，就你急呀？那女人也狠狠地瞅我，那眼光，像刀子，能戳死人。我无可奈何，便没吱声，只能等他们忙完。这时候，进来一个人，睡眼朦胧，眼屎还吊在眼角晃呢，对胡大哥两口子吼，太阳都一竿子高了，这阵子才保洁，早些干什么去了？出去！出去！那个语气，没有丝毫商量的余地。话没说完就开始解皮带，然后裤子哗地一下就脱下来了，老胡赶紧用身子挡住那个人，把他老婆推搡出去了。你说这是什么事儿？来软的不行，来硬的好使？哎……

德福爹说，明白了。你看我们楼上的阁子间，除了几根柱子，是不是四壁透光啊？我们没砌墙围起来，就希望那里时刻都能照射到阳光。但是，太阳不是专属于我们阁楼，太阳不仅要照射北半球，还要照射南半球。到了晚上，阁楼还能享受阳光吗？不能！总有阳光照不到的角落，总有阳光照不到的时刻。但这并不表示我们的阁楼明天就不能迎接新的阳光吧！只要心胸坦荡，管他阴晴雨雪，管他白天黑夜，阳光终究会照亮内心的每一个角落！

德福彻悟，回城，上公厕遇到胡大哥，依然笑容满面。胡大哥说，兄弟，那天早上，我和你嫂子拌嘴了，所以心气儿不顺，你谅解一下。到单位，进大门，德福依然对着李大爷微笑点头。李大爷笑眯眯地走过来，紧紧握住德福的手，说，好小伙子，有气量啊。那两天，有个办公室失窃，把责任推到门房，

我心里正堵得慌，见你带着陌生人，就有火。大爷给你赔不是，请你谅解大爷！

天空中，太阳正在冉冉升起，一张张真诚的笑脸，沐浴在晨光中，成为世界上最温暖的一道风景！

远去的快乐时光

徐慧莉

每年金秋时节，忙过秋收的女人们便成群结队去河边捉虾，以增加一些家庭收入来贴补家用。

乡间水质好，虾子干净肥大，味道极佳，拿到街上卖，任是再挑剔的买主，也能给个好价钱。遇上周末或节假日，我也会放下书本去河边观摩一番。看着，品味着，羡慕着，心里痒痒的，便缠着爷爷做网，爷爷开始不同意，可经不住我的软磨硬泡，只好同意了，但妈妈却给我提出了条件：带好两个妹妹。我不假思索地同意了。

爷爷先砍来一些粗壮的竹子，削去繁杂的枝丫，然后截成七八十厘米长，再劈成4片，除去节节疤疤，再用结实的尼龙线在交叉处绑牢。奶奶又找出一些家中不再用的旧帐子，裁成大大小小的正方形或长方形，由爷爷将四角系在交叉的竹竿尾端，再用一根长线从交叉处系牢，拴在一根长短适中的竹竿上，一个满意的网便做成了。爷爷抽空忙活了好几天，十多张大大小小的网终于做好了，我便带着两个妹妹心花怒放地赶赴战场，小试牛刀。

按照平日我从别处所观察到的，我先在网里放一点妈妈用猪油炒过的香喷喷的米糠，然后稳稳地将网轻放下去，再将手中的竹竿拖得离网远远的，以防它的倒影映照到网中，这样就影响了虾子们的进食，虾子们的警惕性很高，不会随随便便地上当。这放网可大有学问，不能深也不能浅。深了，起网时间长，虾子吃饱了，就可能会逃之夭夭；太浅，虾子又能看见网，它不会傻到“明知山有虎，偏向虎山行”的境地，我们就会无功而归。起网也要掌握火候，早了不行，迟了也不成。太早，虾子还没进网；太迟，虾子早溜之

大吉。说不定它一边跑还在一边窃笑着:“这人啊,就是傻。”

当然,想是这么想的,可到具体操作时,就管不了许多,特别是两个妹妹,小孩性急,我在前面刚放好网,她们就在后面收,嘴里还念念有词:“虾子虾子快快来,我是你的好朋友。”如此一来,不用看就知道,“好朋友”它绝不肯来。这样下去,一天也捉不到一个虾子。没办法,我给两个妹妹划定了圈子,让她们坐在那里不准动。否则,回家去。这一回,两个小家伙才安静下来,眼巴巴地盯着水里的网,虽然身体不能动了,但嘴上却并不闲着,她们此起彼伏地叫着:“姐姐,这个网里有虾子,那个网里有条小鱼,我看见了,看见了,快来收,快点。”这时,在她们极力地鼓动下,我终于也忍不住了,快速地上前收网。“啊,真有虾子。”我兴奋地大叫起来,妹妹们再也坐不住,爬起身来“呼啦”一下扑过来。“我捉,我捉。”几只小手一起伸向虾网,引得河边洗衣服的女人们纷纷朝这边看,一时间满条河都被我们兴奋的笑声浸润着。天黑前,我们凯旋,虽说只有几两小虾子,但对于初涉战场的我们来说,已经是相当满意了。回到家,自然会受到大人的夸奖,得到鼓励的我们便越做越有劲,只要有空,总会到河边去小战一会儿,有时即便空手而归也很快乐。

渐渐地,附近小河里的虾子少了,女人们便开始南征北战。有一回,在一个小姐妹的极力游说和保证下,妈妈勉强同意我和她们一起去。这次,两个妹妹不再当“小尾巴”,我一身轻松。可没走多久,我就开始担心:这黑咕隆咚的夜晚,电筒光又起不了大作用,摔上一跤可不好玩。正这么想着,突然“轰”的一声,后面还真有人掉水沟里了,大家笑着将她拉上来。没过一会儿,又听见前面一声轰响,又有人摔了,队伍便再次歇下了,大家忙着实施救援。在施救的过程中,大家越想越乐,越乐掉队的人越多。就这样,走走停停,走走停停,用了一个多小时,我们才到达目的地。一到河边,大家立刻忘了刚才的艰辛,迅速进入“战斗”状态,利索地放网、起网、捉虾,收获颇丰。“功夫不负有心人”,那晚我也满载而归。可第二天凌晨回家后,我就开始生病,发烧了一天一夜,妈妈说我迷迷糊糊地嘴里还在叫着:“虾子,快,快捉。”病愈后,妈妈再也不让我出去了。

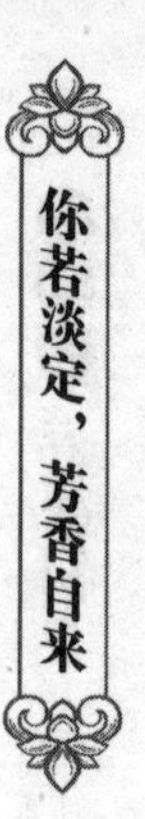

去年春节，小妹妹突发奇想，说，姐，咱们明年秋天去家乡捉虾吧。我说“好啊好啊”，可是在选定的日子里却每每不能成行。我们终于知道，那些美好的时光已经永远地留在了故乡那片土地上，就让它在记忆的泥土里生根发芽，开花结果吧。

那年烟花别样红

吴振宇

我第一次接触烟花是在小学三年级的时候。那一年，远在武汉工作的伯伯带着他的女儿——读初中一年级的群子姐回乡探亲。消息很快传遍了山村的角角落落。远乡近邻，熟悉的和不熟悉的都往我家赶，家里待不下了，就都挤在门口的大操场上。到了晚上，群子姐就在我家的操场上燃放烟花。那时的烟花品种不多，然而足可以让我们这群乡下人大开眼界了。明明灭灭的焰火，开放时灿若繁花，结束时又迅如流星，给我留下了很深的印象。我对于伯伯的所有印象，就是从群子姐燃放烟花、村民们万众景仰的那一天开始的，以至于后来的很长时间，我都是以武汉伯侄子的身份出现在伙伴们面前，第一次感觉到了伙伴们投过来的羡慕的眼光，心里对于伯伯佩服得不行。

然而武汉伯和群子姐终究是要走的。临走前的几天，伯伯带着群子姐挨家挨户走访，每家送上一斤猪肉，那年月，猪肉十分珍贵，一年到头就过年的时候能够吃上一点，乡亲们就像过节日一样开心。到了临走前一天，伯伯把群子姐、我和另外一个堂姐芳芳喊在一起，要给我们照张合影，群子姐嫌我们脏，有点不太愿意，我听见伯伯训她，说兄弟姐妹们原本就是一个根上的，彼此要相亲相爱，互相帮助，永不嫌弃。群子姐后来就站到我们中间，黑白照相机按动快门的那一刻，我紧张得不行，闭上了眼睛，这张闭着眼睛的合影，就成了我童年时代照过的唯一一张相片。

伯伯留给我们那个山村的印记，就像门前的那座大山一样，厚实而又挺拔，再也无人能够超越了。伯伯走后的第 8 年，我们村终于诞生了第一位大

学生，那就是我。我记得填志愿前，伯伯打电话过来让我填报武汉大学，我自己其实也一直是想报考武汉大学的，可是轮到填志愿的时候，忽然传来消息，说是城里的婶婶责怪伯伯多管闲事，两人为我填报志愿的事还吵了架，年轻气盛的我忽然觉得自尊心很受伤害，临时改变了主意，填报了南京的某所高校。

那是我平生第一次没有听从伯伯的安排。从此以后，伯伯所在的那个城市武汉，离我越来越远了。大学 4 年中，有一次我途经武汉上学，专程去看望伯伯，那时伯伯身体不好，已经退休在家了。与 10 年前相比，伯伯身体瘦削得厉害，头发也掉光了，看见我却很开心。也许是我穿着球衣球裤，一副寒碜的样子吧，婶婶认为我是来跟伯伯借钱上学的，对我的态度十分冷淡，我的自尊心再次受到伤害，执意要走。伯伯送我到街上，请我吃了一顿小笼包，临分手的时候，他哆哆嗦嗦从上衣口袋里掏出 500 元钱要送给我，我不肯收，推了几个来回，我的倔脾气上来了，说了一句很不应该说的话。我说，我确实很需要钱，但是如果我收了钱，我在婶婶面前那是一辈子也抬不起头了。

轮船离开武汉的那一刻，我回头朝这座烟雨苍茫的城市看去，依稀觉得伯伯仍然站在街心，手里拿着没有送出去的 500 元钱，很苍老的样子，远没有当年回乡探亲时候的模样。我的眼泪止不住地流了下来，我自己也不知道为了什么——其实婶婶的猜想没错，那一次，我上学的 1 500 元学费只凑齐了 1 300 元，我确实是来借钱上学的，可是我一分钱也没肯收。

毕业后，很长一段时间我过得都不是很好，也没有跟伯伯联系。后来听父亲说伯伯去了美国，住进群子姐安在美国的家。临走的时候，伯伯还托父亲转给了我一封信，信中谈到的是关于我的堂姐芳芳的问题。芳芳初中毕业后，嫁给了我们当地一个杀猪的，因为连生了 3 个女孩，很受婆家欺负，精神上出了些问题，后来失踪了，据说是被人卖到了六安地区，伯伯信中的意思是让我管一管这件事。我北上六安，终于在一个贫穷的小山村找到了芳芳姐后来的丈夫，但是芳芳姐在那儿生了一个孩子后再次走失，不知去向。

我一直想等伯伯回来后把这件事跟他说一声，可是等来的却是他的骨灰。去年的腊月二十八，我走在老家城镇的水泥甬路上的时候，父亲很平静地跟我说伯伯去世了，骨灰正在往老家运送的路上。

过年了，万千的烟花升腾起来，红的、黄的、紫的，碎花的、银花的、大碗花的，绚烂了小城镇沉寂的夜空。我独自走在街上，想起了那年群子姐燃放的烟花，想起了那张我闭着眼睛的合影——群子姐站在中间，我和芳芳姐一边一个，中间隔着一段距离；我还想起了伯伯说过的那段话："兄弟姐妹们原本就是一个根上的，彼此要相亲相爱，互相帮助，永不嫌弃。"伯伯用自己的一生践行着对父老乡亲、兄弟姐妹的承诺，树立起一座血浓于水的情感丰碑，这座丰碑，在这个日益功利和浮躁的年代，今生今世只怕是永远也无人逾越了。

只爱你24个小时

卫宣利

他是个有点天然呆的理科男，不解风情，不懂情趣，不会说甜言蜜语，更不知浪漫为何物。她是小巧柔媚的文艺女，讲情调，爱幻想，情绪化，注重生活品位和细节，向往浪漫动人的爱情。

一开始，她自然是看不上他这样笨嘴拙舌的理科男的。她的前几任男友，个个风度翩翩、玉树临风，琴棋书画诗酒花，聊起来如行云流水。可是一跌入现实生活，她看着张口巴黎时装流行趋势、闭口弗洛伊德的文艺小生们，面对着堵塞的马桶束手无策时，忽然就觉得索然无味。

所以，父母把他介绍给她时，她虽然知道理科男的内向木讷，可是他修得了水管，换得了灯泡，吃得了剩饭，挣得了人民币。更深层地想，或许以后出轨的机会也会少一点呢。这样的男人，不正是宜家宜室的居家好男人吗？

于是就结了婚。可人生的遗憾之处在于，你选择了一个，总会觉得放弃的那一个更好。他的确弥补了文艺小生们的不足，电脑出故障，他几分钟便帮她搞定；水龙头漏水、下水道堵塞，他三下两下就解决问题。可是，她谈起明星趣事，他瞪大眼睛一脸茫然。陪她看场文艺点的电影，他能从开场睡到剧终。

有时候她心血来潮，也会像电视上那些女人一样，一遍遍地追问他："你爱我吗？你会爱我多久？"

他嘟哝一句："什么爱不爱的，都老夫老妻了。"依然纹丝不动地在电脑前做程序。她被逼急了，跳到他面前，揪住他的耳朵，一副不回答便誓不罢休的模样。他痛得哇哇直叫，情急之中回她一句："24 个小时，爱你 24 个小时。”

明知道他这样不解风情的人，自然给不出爱你一生一世之类的答案，可是这24个小时，还是令她大失所望。24个小时，只有一天的爱情。这一天是哪一天呢？是他们第一次拥抱亲吻的那一天？还是结婚的那一天？她想再追问下去，他却逃到厨房熬粥去了。

除此之外，他们的日子还是很幸福的。结婚后她就处于养尊处优的状态，没洗过衣服，没擦过地板，没下过厨房。她没想到他这个理科男居然有一手好厨艺。他的工作不用坐班，完全有条件睡懒觉的，但他每天总是比她早起一个小时，等她懒洋洋地从床上爬起来，餐桌上总有变换花样的早餐：山药小米粥配水煮蛋，五谷豆浆配素包子，杂面煎饼配芝麻红豆粥……

有时候她也想，他或许是爱自己的吧，不然怎么肯放弃美好的睡眠，每天早起一个小时为她做那么丰盛的早餐？又怎么会包揽所有的家务，不舍得让她干那些粗活？还有，他虽然粗心，却一直记得她爱吃曹记的米线、钟楼的小酥饼，隔几天就穿越半个城市买回来给她解馋……可是他又那么不解风情，一起出去，他会甩掉她挽上去的手臂。想和他合个影、发个微博秀秀恩爱，他也会毫不留情地拒绝。还有他那24个小时的爱情，想起来就让人心凉。

那次朋友聚会，聊到爱情，一位朋友突然问他：“你们俩算是圈子里最幸福的夫妻了，那现在你们之间还有没有爱情？”

所有的目光都聚集在他身上，她也热切地望着他，那一瞬间，她心里竟然有种如被鹿撞的紧张和娇羞，是的，她期待他能有个肯定的回答。可是他思虑好久，却憨憨一笑，说：“哪有什么爱不爱的，就是搭伙过日子呗。”

众目睽睽之下，她当即就变了脸，又羞又愤，丢下他，独自扬长而去。

他莫名其妙，不知道她好端端的怎么突然就生了气。待慌忙追出来，却见她声色俱厉：“你个呆子，站住，别跟着我。”他果然就站住了，呆呆地立在原地，一直目送她消失。

回到父母家，她气愤地向爸妈控诉他的恶劣行径。末了，她气呼呼地

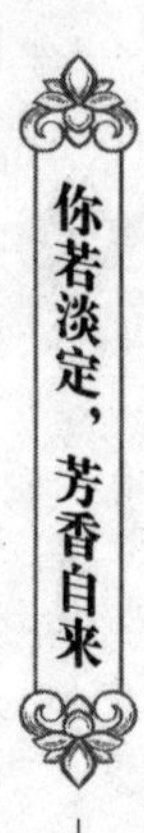

嚷:“这就是你们挑的好男人,他说他爱我,但只爱24个小时。我可真悲哀,挑来选去的,最后嫁的人,却只爱过我24个小时。我以后的日子可怎么过啊?”

爸妈听到这里,却相视而笑。老妈说:“傻姑娘,你算算,一天总共几个小时?”

“这还用问? 24个小时啊。”

“那就是了,他爱你24个小时,不就是说,他时时刻刻都爱你吗? 今天爱你24个小时,明天还有24个小时,一天又一天,24个小时的爱,生生不息,你还要什么呢?”

她呆了,原来,竟是她的思维被限制了。是的,每天都有24个小时,爱过了今天,还有明天,他的爱循环在她生命里的每一天,生命不息,爱恋不止。这世上,还有比这更深情浪漫的爱吗?

这次,她没等着他来接她,主动回了家。她想,以后再也不会问他爱不爱自己、能爱多久这些傻问题了。因为,她已经拥有了他长达24个小时的爱。

第五辑

有些温暖，始于尊严

他缓缓地说："一个人可以很穷，没有地位，却不能没有尊严。"我觉得这是我听到的最好的话之一。是的，我们可以卑微地对待生活，却不能卑微地对待尊严。因尊严而生的温暖，足以照亮我们前方的路。

蒸汽袅袅白菜香

李 舍

周末，老公去参加同学会，我懒洋洋地从床上爬起时已该做午饭。走进厨房四下看看，只有几棵葱和一棵白菜，巧妇难为无米之炊，我这平时不常操练的笨妇可怎么经营这顿饭呵！

呆呆发愁时，儿子归家，见我在厨房，便皱起眉做痛苦状，唉！今天又要吃猪食了。这孩子从小不爱吃我做的饭，管我做的叫猪食，挺伤俺的自尊！搞得我每次进厨房都战战兢兢，致使我厨艺不精，也为此感觉做女人特失败。

此时，看他那皱眉掐腰的小模样儿，我真想给他两巴掌，或者赌气带他到外面吃。可想起不久前因带他到处乱吃，使他生了场病。只好收起高举的手，慢声细气地问他："告诉我你想吃什么，别总是小看老妈。人是会进步的，最近，每晚在你睡后，我都偷偷学做饭呢！"儿子嘴一撇说："鬼才信。"然后朝我做了个鬼脸说："也不难为你了，简单点就给我做个香港撒尿牛丸吧！"我一听，气不打一处来，这不是给我出难题吗？见我强忍怒火怔着，儿子一挤眼说："哈哈！瞧把你吓得，冰箱里有我和爸在超市买的现成的，你不管用什么方法煮熟即可。"说完他开了冰箱，记忆准确到放在哪个格哪个位置，伸手就拽了出来。

儿子基本上是肉食动物，有了这个便能救急。可我一顿不吃青菜就难受，给他炖上丸子，我开始扒那棵所剩不多的白菜，扒下两个帮后，就见那菜心里开始泛绿发芽。这细嫩的菜心，把我的记忆拉回了20世纪80年代的农村老家，那个年代，家家户户菜园里种的最多的就是大白菜和辣萝卜，老百

姓称这两样为“长远菜”，意思是这两样菜吃得最长久，北方人整个冬天差不多就吃这个。智慧的老百姓，把白菜萝卜都挖个坑窖藏起来，整个冬天无论冰雪肆虐、天寒地冻，被窖起来的菜都不会冻不会坏，随吃随从土窖里扒，都是新鲜的。因此，在农人眼里，土地有着不可侵犯的神圣感。

然而，万事万物都有其规律，这“长远菜”储藏得再好，也就只能长远到开春，天气一暖它们便争着发芽，不再好吃了。如今随着科学技术的发展，一年四季都能吃上时令蔬菜，也就没人再留恋白菜萝卜了。记忆中农村的餐桌上，这个季节依然是白菜在唱重头戏，只不过妈妈换了一种做法，把要发芽的白菜用面蒸着吃。

想起这“蒸菜”，仿佛嗅到了放学回家时，伴着袅袅蒸汽飘散在院子中清甜的香味，以及吃起来那面乎乎的滋味。记不清是咋个做法了，只记得这个做法不光省事还很实惠，用家里大口的铁锅蒸上一锅，每人一碗，又当菜又当饭，吃得满口香甜。不光是白菜，好像无论什么菜都可以这样做，熟后稍凉，再加上大蒜汁、香油等，放不放醋和酱油也不记得，只记得经妈妈这么三调二拌地就成了美味的佳肴。

洗着盆里的白菜帮，想着小时候那菜的香味，却怎么也想不起来到底怎么个做法。于是，我拨通了老妈的电话，说没别的事儿，只是询问蒸白菜怎么做法，老妈心疼地说：“哎呀！傻妮子，为这事还专门打电话问，够电话费不，你真是有钱烧的，现在谁还吃那玩意儿，发芽的白菜全都喂猪喂羊了。”我一听老太太那心疼钱的劲头，便打趣说：“呀呀老妈，您快告诉我怎么做吧！越唠叨越浪费电话费。”妈妈好像一下子明白过来了，恨不得两句并成一句，连珠炮似的说开了：“先早早地洗好菜晾着，等差不多没有洗时带出的水分了，再码在案头上切成均匀的长度，放在盆里，撒上适量的面与菜拌匀，然后用手轻轻揉搓，使面粉均匀沾在菜上，充分吸收菜上的水分，弄好后放在笼上蒸 15 分钟就好，吃时想放啥调料根据个人口味，别忘放蒜末就行；还有个最关键的就是要留几个嫩白菜叶不切，直接铺在笼屉上，再放拌好的菜，省得面渣子漏进锅里，菜就太黏不好吃了。”简单说完做菜的程序，老妈不肯再多说一句话就啪地挂了电话，我也生怕忘了似的趁着热乎劲儿跑进了厨房。

当那种久违了的清香飘出厨房时，正在写作业的儿子跑进来问我到底做了什么好吃的，我故作神秘地说，做什么好吃的也和你没关系，你只准吃你的“撒尿牛丸”。等我把调拌好的“蒸白菜”端上桌时，儿子嬉皮笑脸地说，闻着挺香，就是不知道好吃不，我只尝尝。夹起一筷子送入口中后，他虽没说很好吃，却冷落了“撒尿牛丸”。怪不得我小时候常听妈吹捧自己的蒸菜手艺，说总有一天这菜能迷倒吃惯了大鱼大肉的城里人。

面试

厉剑童

当他满头大汗地提着公文包上来的时候，车里已经坐满了乘客。他用一只手拢了拢被汗水浸湿了的银白的头发，仔细打量了一下车里，发现只有后面靠窗的地方还有一个座位空着。他径直走过去，这才发现这个座位空着的原因。座位的下面是汽车轮胎部位，高高隆起，占去了那个座位的大部分空间，像他这样身材魁梧的人坐下去腿根本无处安放。

他犹豫着，一路奔波太疲劳了，他多想有个舒适的座位好好休息一下，哪怕片刻也行。找人调位子？谁会跟你调？而且大家都昏昏欲睡。

将就一下吧。心里正这么想着，这时坐在这个座位前面的一个姑娘站起来，说，先生，看您挺劳累的，您坐我这儿吧，我坐那个，我人小坐得下。说话间，姑娘已经站在他一边。他仔细一看，姑娘个子不高，戴着一副深度近视眼镜，圆圆的脸，笑起来有两个深深的酒窝。穿着一身普通的白裙子，乌黑的马尾辫瀑布一样长长地拖在脑后。她手里提着一个小小的白色坤包，微笑着看着他。

凭多年的经验，他一眼看得出，站在面前的"酒窝"要么是一个刚走出大学校门的学生，要么是刚参加工作不久的白领女孩。

这个……他犹豫了。

先生，您就坐吧，我年轻，身体小，坐那个位子不累。"酒窝"大方并且一脸真诚地坚持说。

人家好心换座位你就坐吧。一旁有人劝道。

那……好吧，姑娘谢谢你。他很高兴地说。

两人坐定。车子欢快地向前跑去。车头的电视里小沈阳正很投入地唱着《大海》:如果大海能够唤回曾经的爱/就让我用一生等待/如果深情往事你已不再留恋/就让它随风飘远……

乘客们有的闭着眼睛听歌,有的被车摇晃得昏昏欲睡,有的小声说着话。气氛温馨而祥和。

他从公文包里拿出几片餐巾纸,擦了擦额头的汗,扭头看了看那个小姑娘,小姑娘正拿着一本《教育心理学》一边看,一边思考。这引起了他极大的兴趣。他和她很快攀谈起来。

谈话中得知,原来姑娘是刚从某大学教育学院毕业的硕士研究生,这次是到上海一家著名企业的教育集团应聘,这次他们招聘一名总裁助理、一名办公室秘书和两名教师。她竞聘的是总裁助理,已经过了笔试,这次是面试。

听完,他心里一动。

他脑子里突然想起一个困扰已久的课题:如何提高教师的幸福指数?想到她是教育硕士,何不借此机会提出来和她商榷一下。问题一提出,便引起了她的极大兴趣。两人小声讨论着。她的观念是那么前卫,思路是那么清晰,而且看得出她的口才也极佳,浑身洋溢着青年学者的睿智和朝气。

当话题转到应聘的事时,他说参加应聘的人一定会很多吧,你有把握吗?酒窝笑着说,我知道,应聘不容易,但已经做了最充分的准备,即便失败也不后悔。

是啊,这不过是一次普通的应聘,你还有很多机会,其实你大可不必太过重视。他说。

对不起,先生,我不太赞成您的这个观点。我觉得人生没有不重要的事,虽然这是一次普通应聘,但我一样重视……

哈哈哈,姑娘你说得很对,我举双手赞成,凡事只有自己重视才能被别人重视。他说。

这是一个有修养有真才实学有见地的自信女孩。他对自己说。不会

错。他坚信。

两人谈得很投机很愉快。两个小时后车到站了。小沈阳的歌已经唱完,可他觉得还有很多话想说,有很多问题想探讨。他向她要了毕业证看了一眼,轻轻一握“酒窝”的手,坚定地说,去吧姑娘,祝你好运。

在那家教育集团的一间小会议室里,坐满了前来面试的男女大学生。每一个岗位,进入面试阶段的都有十几个人。大家都很紧张地等待着。

她找了靠窗的座位坐下,一边看书,一边静静等着。这时,有个工作人员走过来,问道,请问,您是陈怡玲小姐吗?是的,是我。她站起来很有礼貌地说。请跟我来。工作人员说道。

工作人员边走边说,小姐恭喜您,您被录用为总裁助理。

什么?!她又惊又喜,我还没有进行面试啊,怎么就……而且听说总裁要亲自进行面试的……她疑惑地看着工作人员。

不,您已经通过了面试,而且是总裁的亲自面试。工作人员坚定地说。

我没见总裁啊。

哈哈,在来集团的车上,你有没有给人让座?

有啊,您怎么知道?

小姐,我是总裁办公室主任,你给让座的那个白头发的人就是咱们集团的总裁啊。姑娘,是您的善良、修养、品行和学识打动了总裁,为你赢得了这个岗位。去吧,总裁在办公室等着你。

第 21 名

厉剑童

那一年，我 14 岁，上初二。我兄弟姐妹 6 个，我是老小，我的几个哥哥姐姐没一个上高中的，更没有考上大学的。父母把考大学的唯一希望寄托在我身上。尽管我努力学习，可天赋的不足使得我的每次考试成绩都很不理想。这让我陷入极度痛苦和焦虑之中。

那时候考试要排名次，很多班级每次考过试之后，总是将每个学生的班级名次、年级名次用一张大红纸堂而皇之地贴在黑板上，或者教室、学校大门口，红纸黑字一目了然，常常引来很多人围观。人们围在那张大红纸前，指指点点。我初一时的班主任就是这个做法。我的成绩不好，每次贴出那张大红纸的时候，我总不敢去看，一整天惴惴不安，仿佛犯了重大错误，脸上火辣辣的，抬不起头来。渐渐的，我对学习失去了信心，更看不到一丝希望。

初二上学期，我们班新来了一位班主任，我们称他为井上老师，他个子不高，平头，穿一身中山装，说话有板有眼的，脸上始终带着微笑。井上老师虽然每次考试也排名次，但用他的话说："我是在我心里的密码本上排名次，绝不将名次张榜公布。"这让我们这些学习中下等的学生很是欢呼雀跃了一阵子，也引起了不少人的质疑。有的老师说他是个怪人。可不管别人怎么说，井上老师总是坚持自己的做法，没有丝毫改变。

井上老师有个习惯，每次考试总喜欢将班级前 20 名的学生叫到办公室开会。那时因为谁也不知道自己具体是多少名次，能被叫到办公室，那是无上光荣和自豪的事。

初二第一次考试，我没有被叫到名字，看着那些去办公室开会的同学得

意洋洋的表情，我心里羡慕极了，就盼着有一天我也能被老师叫到，成为这二十分之一。我很想问老师我考了多少名，可一来担心老师不会说，二来又没这个胆量和勇气。

没想到，井上老师却主动找到我，在校园里那棵盛开着大串大串紫色小花的紫藤树下跟我谈心，说我考了第21名，要我保密，谁也不要告诉。我心里很吃惊，以前初一的时候，班主任排名我从来没进过前30名，这次我却考了21名，实在让我既吃惊又激动。我掰着指头算来算去，21距离20还差一个名次！就差一个名次！这个第21名让我看到了无限的希望，更激发了我勤奋学习的巨大动力。

我发誓，一定要进入前20名。那次谈话之后，我变了，变得更加勤奋努力，在学校我认真学习，回到家就着煤油灯如饥似渴地学习，父母看了脸上露出笑容。每当我学习的时候，父母都会悄悄走出去，干活也不敢出大声，以保持家里的安静。

转眼迎来了初二上学期期末考试，我依然没有进入前20名，而有些平时学习在25名左右的同学这次进去了四五个。这让我很是羡慕和着急，心里隐隐有些难过。井上老师再次找到我，还是在那棵紫藤树下，他轻轻拍着我的肩膀，悄悄告诉我，你这次考试还是21名，真可惜，只要再努力那么一点点，就是前20名了。

又是一个21名？天啊，这么巧？还是差一个名次，连我自己都替自己惋惜。那一刻，我牙齿咬得嘎嘣嘎嘣响，再次立下誓言：无论如何，下次一定要进入前20名。我始终觉得，在我的前面有一轮红彤彤的太阳，正一点一点地往上升。我仿佛伸手就能触摸得到那轮太阳。我想象着太阳升起时的壮观。于是，我更加勤奋学习，而且主动找老师请教每一学科的学习方法。

我的努力没有白费，初二下学期期中考试，我和其他同学一起被井上老师叫到办公室开会。天啊，我也进入了前20名！这让我顿时增添了无限的力量和自豪。

从此，我始终不忘自己是前20名，一如既往地保持着以前的学习劲头，

一直持续到初三中考结束。出乎所有人的意料，全班64个同学中有5个考上了中专，而我居然就是这5个人中之一。要知道，那时候能考上中专比现在考入重点大学要难得多。当大红的喜报张贴在学校门口，我不敢看，我甚至不相信自己会进入前5名。那一天，我一个人跑到那棵紫藤树下，痛痛快快地哭了一场。走在村里，左邻右舍，一个个夸赞不已：看看人家这孩子，真有出息！父亲在村里腰杆第一次挺直了。拿到录取通知书的那天晚上，喝酒从不超过两茶碗的父亲，第一次喝了足足三大碗，醉得一塌糊涂，睡着觉嘴里还不停地含含糊糊地唠叨：我高兴，高兴……

上中专前夕，我去井上老师家里拜访。在他的书房里，我无意中发现了一摞成绩单，原来每次考试后井上老师也是排名次的。我仔细寻找着自己的名字，却吃惊地看到这样几个数据：初二期中考试，刘建班里名次第35名，期末考试刘建29名，初三上学期期中考试刘建21名……原来，在我初三上学期期末考试之前我从没进入班级前20名！

难以想象，如果我知道自己付出那么多心血，却迟迟进入不了前20名，那带给我的将会是什么。那一刻，我顿时明白了井上老师的良苦用心，泪水潸然而下。在晶莹的泪光中，我清楚地看到，井上老师的背影是那么魁梧，那么高大……

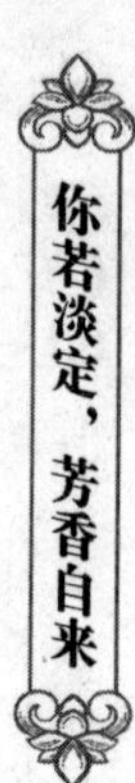

天 怨

蓝雪冰儿

一阵风吹过，冷飕飕的，一些柴火和塑料袋卷在一起，往那道低矮的墙上撞去。

“墙，墙啊！”坐在门口的老李感觉心口隐隐作痛，轻轻地揉了揉。很长时间了，这道墙成了他的心病。老了老了，房子却塌了。去年一场狂风暴雨，吹倒了房后的那棵老杨树，房子一下子就住不得了。

今年春天，老两口一合计，这房不盖不行了。可一算计钱，他们犯愁了。人家有儿有女的，盖房有人支援，可他们老两口，一辈子没生一个娃。虽然政策好，村里给办了一个低保，可毕竟不能解决这所有的难题啊！

一听说要盖新房子，街坊张天高兴了，说：“大叔，咱就一起盖，到时候还有个照应。”

照应的确是有，张天夫妻岁数小，胆子也小，黑天半夜，总是老李负责把两个院里巡查一遍。加上老李懂建筑活，还没进秋，两家的新房子就盖起来了。

大伙都说：“老李家的房子只有 6 米宽，贴着人家张天家的 9 米的房，忒寒碜！”

老李倒不觉得有啥寒碜，他觉得新盖的房子蛮大的。倒是张天开始修院墙后，老李犯愁了。

他时常看着那道低矮的墙发呆，那道墙原是他家的老墙，早些年，张天娶媳妇的时候，媳妇提出了条件。老李就爽快地把墙送给了他们，让张天痛痛快快做了新郎。老李想，这送出去的东西哪有要回来的道理？

也许张天知道老李的难处，先开口了："李大叔，咱这房子一盖，我家那道墙就在你院里了，我想就还给你吧！"

老李的心放下了，年轻人就是痛快。他连声道谢。

张天说："谢倒不用，只是这道墙，前几年的时候，我垒上了两道，怎么着大叔你也不会白要吧？"

老李怔住了。

按理说，人家花了钱，给点成本也不算什么，可是盖房子时，老李不仅掏空了腰包，还负债累累，他实在是不知道去哪儿找钱了。

老李心急，可心急也吃不了热豆腐。正当老李无从取舍的时候，张天家的院墙四四方方地垒了起来。

"要不，再去借点。"老李的老伴提议说。

老李走了几家，都是以前他给人家帮过忙的。他们零零碎碎地拼凑出了1 000块钱，递到了老李手上。

老李感动得眼泪都出来了。可正当他拿着这些钱回来后，看到张天雇了几个人正忙着在那道废墙上垒砖呢！

"大侄子，别垒了，这道墙我要。"

张天没理他，指挥大家加把劲干。

从太阳刚露出一个头，一直到太阳西斜。老李一直呆呆地坐在阳台上，手中熄灭了的旱烟，会偶尔抖一抖。

老伴看着着急，叫他几声，他也不应，就哭号着说："老天啊，这老爷子是咋的啦？"

老李突然站起来，他产生了一个想法。如果，只是如果，一阵猛风吹来，那道墙哗啦倒掉，那会是多么痛快的事啊！

有了这个想法后，他的心更不舒服了，就往门外走去。

老伴在后面大声叫他。

老李连头也没回，从张天家的洋灰堆跨过去，来到了野外。

各家的庄稼都收回去了，刚种下的麦子还没有发芽，野外一片空旷。一

阵风吹来，迷了老李的眼睛。他使劲地揉了几下，不知是风大，还是沙子太密，他的眼睛怎么也睁不开。他想，他不该有那样龌龊的想法。街坊邻里，有啥大不了的，自己还能活几年？想到这儿，他往家走去。

进了街道，他老远就看到家门口附近有很多人。

老伴把他拽进家门，小声地跟他嘀咕："这缺德的人是要遭报应的，你看老天爷发怒了！张天家的墙刚要收尾，一阵龙卷风就把一个工人吹下来，死啦！"

"死啦！"老李的心怦怦地跳了几下，赶紧卷起了旱烟压惊，一根接一根的。

太阳落山了，张天家静得可怕。

"不，这不是天怒！"在家里坐了半天的老李突然站起来，来到张天的院子，端起洋灰盆子，爬上了架子。

"大叔，你干啥?"张天的手不停地颤，声音也跟着颤起来。

"大叔我以前可是最好的大工呢！"老李很快就把墙收了尾，然后爬下来，拍拍手，从口袋掏出一沓钱说："大侄子，别上火，这墙大叔买了，这是1 000块钱。"说着把钱放在张天的口袋。

"大叔，都怪我鬼迷了心窍，才惹了天怒。"

"不，傻孩子，这只是自然灾害。唐山大地震那年，大叔我可是从倒塌的墙里爬出来的。"

张天稳了稳不停颤抖的手，往装着钱的口袋伸去。

青春的选择

龙玉纯

那是一个目无父母、胆大妄为的选择，那是一个今日看来也有些冒失的选择，那是一个至今还让我无法忘记的选择！1989 年 3 月，我用一种体面的方式，告别了对我的高考寄予厚望的老师和父母，“逃离”了贫困的家乡。

我至今还清楚地记得，当我拿着红色的入伍通知书，背着那一大包书和简单的行李，出现在家中父母面前时，他们顿时惊讶得不知所措。事先没有征求父母的意见，自己就做主在学校报名参了军，连充满希望的高考也不参加了，这是他们心目中平常很听话的孩子的所作所为吗？也难怪父母当时会目瞪口呆。对我的选择父母没有责怪，毕竟通知书上写得很清楚，两天后我就要穿上军装远行。母亲默默地为我收起书和行李，父亲翻来覆去地看着我的入伍通知书，半天才说出一句话：“去当兵保卫国家，没什么错！”

走前的那天晚上，父亲认真地问了我一个问题，他说：“孩子，你今年也 17 岁了，又在县城上了差不多三年高中，应该懂事了，父母尊重你的选择，我们想知道的是，你为什么要急着去参军呢？参加完高考明年再去也不迟。”不知天高地厚的我，当时是这么回答的：“我们这里太穷了，改革开放这么多年了，还有哪一个地方像我们这里一样，到现在一不通电、二不通公路的？看着别的地方越来越富裕，农民生活越来越好，我就越想离开这里，爸爸您是村支部书记，怎么就没有一点紧迫感呢？所以我要去当兵，我的青春我做主！”我的回答让父亲顿时一脸尴尬，他说：“孩子，不是当父亲的工作不努力，实在是我们这里自然条件太不尽如人意了，大山深处的小山村，要想很快改变面貌，谈何容易啊！”我接着说：“我们这批参军去的地方是广州，那是

改革开放的前沿，等我到那里多学点东西，到时回来再接您的班。”父亲说：“那好，希望你到部队后好好工作，加强学习，弄点真本领回来。”我回答说：“你们放心吧，不在部队搞出点名堂，我是不会回来的！”

就这样，带着父母的叮嘱和担心，我满怀雄心壮志一路小跑，出逃似的离开了家乡，跨进了部队的大门，成为驻广东特区某部火红木棉花下的一名哨兵。野战部队的生活是紧张艰苦的，我参加新兵训练三个月，磨破军装两套、解放鞋三双，整个人脱了一层皮，换得了自己军旅生涯的第一次嘉奖；参加海训一个月，整个人被海水泡得变了形，又脱了一层皮，换得了自己军旅生涯的第一次优秀士兵奖励；参加港口工程建设施工半年，人被晒得像石头一样黑得发亮，雨落在皮肤上不沾半点，又脱了一层皮，换得了自己军旅生涯的第一次荣立三等功。因为每天能看到特区的变化，我没有叫过一次苦，尤其是在支持特区的港口工程施工建设中，我亲身感受到了改革开放的“魔力”，工作虽累但心中仍自豪不已。努力的工作与学习，赢得了领导的信任与培养，一年多后，我被选中参加全军军校招生统考，最终以良好的军事素质与优异的文化成绩，考上了军内一所有名的军事学院。

如果父母知道我考上了军校，那该有多高兴啊，可惜当时家里没有电话，只能写信告之。我的报喜信还未写好，就收到了父亲的来信，他在信中高兴地告诉我，在市、县两级的大力支持下，在全村人民的辛苦努力下，我们村终于告别煤油灯，通上电了，电灯亮的那天刚好是爷爷七十大寿之日，他老人家喝醉了……这么一封简单的家信，竟然读得我流下了眼泪！

四年的军校生活中，前三年我都没有回家休过假，我利用宝贵的寒暑假，积极参加学院的各种活动，既学到了书本上很多没有的知识，又为自己挣得了一些生活费。虽然军校不用交学费和伙食费，每月还有几十元的津贴发，但要买学习资料和其他生活用品，还是要花钱的，我不想增加父母的负担。我每月都给家里写信，告诉父母我在军校的学习生活情况，要他们放心。家里的来信很少，父亲在信中说他很忙，村里的事情很多，他发誓要在三年之内举全村之力把村里的公路修好，要把电话线架通。他还开玩笑说，

自从被儿子批评没有紧迫感后，脑袋终于开窍了，知道要努力把改革开放的春风引进小山村了，但愿儿子回家休假那天，看到村里的变化后会给予表扬！每次写信他都要反复嘱咐，儿子你一定要好好学习，争取早日成为一名光荣的共产党员！

军校毕业命令一宣布，我就迫不及待地赶往火车站，我要回家！离家快六年了，那个大山深处的小山村变得怎样了呢？父亲在来信中没有透露半点信息，他希望儿子回家眼见为实。坐了二十三个小时火车，我回到了省城，也得到了在此工作的堂兄的热情接待。休息了一晚，他第二天执意要开车送我回去，小山村离省城有近两百公里，有车回去肯定比挤公共汽车强，于是我也没推辞。

第二天一早我们就出发了。一路上的风景让我感慨不已，省城到我们县城的路变成了高速公路，县城到我们镇的砂石路变成了宽阔的柏油马路，马路旁低矮的平房全部变成了漂亮的楼房……车进山后，我更是欣喜不已，镇上到我们村的路是一条崭新的水泥马路，山坡上树木郁郁葱葱，田地中庄稼丰收在望，茅屋不见踪影了，只见到处都是新楼房……车一直开到我家楼下，父母和邻居们见车里走出的人是我和堂兄，都激动地大喊："来了贵客啦！"

让我意想不到的是，父亲的头发白了好多，妈妈说是这几年累的，邻居说是为村里的事操心太多了。父亲说白了点头发也值得，现在电通了，路修了，电话电视也有了，新房子也建了，大家的生活变样了，归根到底，这要感谢党的政策好！要说唯一有点遗憾的，那就是当年那个吹牛想接他班的人，现在当军官了不能回来接班了！大家哈哈大笑，笑过以后，父亲严肃地问我："儿子，你现在是个准军官了，入党了吗？"我自豪地回答说："报告书记，经过部队党组织的精心培养，现在我是一名唱着军歌的预备党员！"

时光易逝，仿佛转眼间我就离开老家二十多年了。今天回过头来看，首先庆幸的是自己的青春赶上了一个有好政策的时代，其次庆幸的是自己当年的选择还不是错误的，虽然那样选择似乎有些冒失！

有些温暖，始于尊严

鲁小莫

那时候，他是公司的保洁员。每天清早，办公楼的大门还没有打开时，他就到了，认真打扫楼下的停车场以及修剪花坛里的花花草草，将花草下的枯枝落叶捡走。因为他的劳动，停车场里总是干干净净，那些花朵，都开得分外美丽。

公司的职员陆续到来，大家相互打着招呼，经过他旁边时，他总是谦卑地站住，仿佛生怕扫起的灰尘弄脏大家锃亮的皮鞋。似乎从来没有人注意过他，或者他的劳动。他如花坛里的一片枯叶，毫不起眼。

我是后来才知道他的真正身份的。他只是个收废品的。每个月末，公司总会囤积大量的废报与纸箱。没有人愿意处理这些东西，便招呼他来搬走。这些东西本来也可以卖钱入账的，可他又开不出一张发票，于是主管挥挥手，大方地送给他了，并允许每个月末，他可以自行来取这些东西。

他心存感激。于是，办公楼下的保洁工作，就由他主动承担了。

他的故事让我心里油然而生一种敬意。廉者不食嗟来之食，他在用自己的劳动，回报公司，也维护了自己的尊严。再见到他我便笑着跟他打招呼。

其实那时候我只是一名实习生，大学毕业不久。与我一起实习的，还有一名女孩，姓姚。实习之初，我就被明确告知，实习期满，我与姚之间，只能留一人。压力可想而知。我还知道，姚的一名亲戚也在公司里。而在这个城市，除了依靠自己，我别无选择。

所有交给我的工作，我总是以最快的速度做好。每天，我大概是最后一

名离开公司的，当然，也是最早来到公司的。

那天夜里下了入冬以来最大的一场雪，但这并不妨碍我第一个来到公司。开足暖气，打扫好办公室，洗手擦净，我一边抹手油，一边往外瞧。

我看见外面雪白的大地上，他正在铲雪，一下又一下。偌大的停车场，他的身影孤零零的。雪已停，但风很大，他衣着单薄，似乎随时都能被吹起来。说不清心里是什么滋味，我想都没想，拿起办公室的一把铲子，飞奔下楼，和他一起干起来。

当我们把雪清理完，才有同事到来。我搓着冻红的手，胜利地看着他笑。他也笑，笑容里仍有一分谦卑。他说："谢谢你！你是一个好姑娘。"

我不知道我算不算一个好姑娘，但接下来发生的事，让我目瞪口呆。

实习期快满的时候，办公室里接二连三地丢东西。不是谁丢了一支笔，就是又不见了一只发夹。大家议论纷纷，我没有在意。我正一心一意地搞自己的设计。

那天，一位女同事的手机丢了。办公室里一阵哗然。这是第一次丢比较贵重的东西。我停下笔，也觉得蹊跷，手机放在办公室里怎么会丢呢？这个答案当然不是我所能解答的。我摇摇头，继续工作。

第三天下午，这位女同事还是不甘心，又用办公室的电话打自己的手机。令所有人大跌眼镜的是，她的手机，在我的抽屉里响起来！

我无法表述当时的心情。我呆呆地站起，头脑里一片空白，全身的血液仿佛抽空了一般，额头有冷汗慢慢淌下。所有人都在看着我。我不知道该说什么，喃喃着，语无伦次："不是我偷的，真的不是我偷的……"

我还是被辞退了。虽然没有人说我偷过，也没人说我没偷过。可那些鄙夷的眼神足以让我蒙受一生的羞辱。离开的那天，我没有流眼泪，收拾好自己的东西，我毅然决然地转身。走到楼下，我的嘴唇已被自己咬破，转弯处，忽然遇见他，正奇怪地看着我。

后来的事，我是从丢手机的女同事那里得知的。我们偶然在大街上相遇，她说，我走后，那个收废品的去找过主管，证实手机不是我偷的。主管问

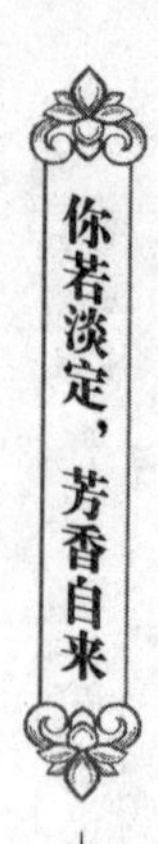

他有什么证据,他说,手机找到的那天中午,他去办公室拿废报时,看见姚在翻我的抽屉,见了他,还惊了一下。主管摇摇头,这算什么证据?可他不依不饶,连续去找主管,说他能证明我是个好姑娘。

主管对他过多地干涉公司内部事务很是不以为然。何况,我已被辞退。主管一恼,废品不给他了,保洁员不用他做了,他也被辞退了。

最后,女同事有些歉意地说,她也相信手机不是我偷的。

我无语,直瞪瞪地看着她。我相信很多人都能直觉出真相,可关键时刻,没有人肯站出来为我说一句话。现在说又有什么用呢?在我心里引起巨大波澜的是他。他完全没有必要为了我,丢掉自己的"工作"啊!我的鼻子里酸酸的,茫茫人海,我会有机会向他道谢吗?

接下来的事情让我波澜不惊。一天,忽然接到那位主管的电话,他说,姚在设计图纸的时候,因为照抄别家的方案,现已被辞退。他现在相信我是个好姑娘,问我愿不愿意再到公司来。那时候,我也像一片孤叶飘荡在这个城市里。可这份曾梦寐以求的工作,已失去魅力。我摇摇头,拒绝了他。

我真没想到我们还会见面。在接到一家公司正式录用通知的第二天,我决定结束一天吃两顿饭的日子。清早我揣着钱,找一家摊位吃早点。在一家顾客稀少的摊位前,我站住。正忙碌着炸油条的他抬起头来。我们在同一时间愣住,两双眼睛里涌出来的,是百感交集。

我默默地找了个座位,他默默地端上豆浆油条。我终于开了口,说:"你没有必要为我说那些话的。"他缓缓地说:"一个人可以很穷,没有地位,却不能没有尊严。"我觉得这是我听到的最好的话之一。是的,我们可以卑微地对待生活,却不能卑微地对待尊严。因尊严而生的温暖,足以照亮我们前方的路。

我眼中涌出大滴的泪珠,落在滚烫的豆浆里。

冬生的夏天

朱道能

"冬生——"

正猫着腰拉一车砖坯的冬生，闻声抬起头来，见砖厂老板朝自己招手。

冬生忙走过去，问："有事啊表叔？"老板是冬生一个村的远门表亲。

表叔把手机扬了扬："刚才村长打我的电话，说你的班主任找你有事，让赶快去一趟。"

冬生搓着手上的砖泥，问："您知道是什么事吗，表叔？"

表叔道："没具体问，听村长的意思，是好事。别耽误了，赶快去吧。"

于是，冬生就在水管下洗了把脸，又去工棚里换套干净的衣服，推出自行车，吱吱呀呀而去。

远远地，冬生就看到学校白色的教学大楼。他不由得心中一热，脚下便是一阵猛蹬。

学校的大门口，扯着一条长长的横幅标语：热烈祝贺我校学生汪冬生同学考取北京大学。

冬生笑了笑，推着车子，进了校园。

学校放假了，偌大的校园便显得空荡了许多。偶尔还有窗口传出声音，那一定是高三补课的学生了。

在楼梯口，冬生遇上肩扛两桶纯净水的送水工。于是，他便伸手接下一桶，一起上楼。没有想到，正好就是送到班主任陶老师办公室的。

陶老师忙把电扇开大，又递过一杯水。

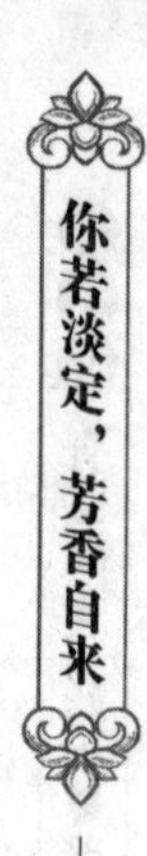

“晒黑了，还瘦了。”陶老师心疼地看着冬生说，“听村长说，你一直在砖厂打工，吃得消吗你？”

“没事陶老师，挺好的，我一天能挣40块钱哩！”说这话时，冬生一脸的灿烂。

冬生的话似乎提醒了陶老师，他说：“叫你来，就是告诉你一个好消息的。”说着，他打开抽屉，拿出一张表格来。“省里有个企业家，计划资助100名优秀贫困大学生。每年5 000元，直到大学毕业。咱们学校为你争取了一个名额……”

“真的呀？”冬生激动地站起来，一脸惊喜地接过表格。

“这个资助有个前提条件，就是父母双亡。”陶老师又说，“学校已经给你盖了章，你填完表格后，再拿到村里写个证明意见就行了。”

冬生听着，脸上的笑容在一点点褪去。他缓缓地坐下，一时无语。

陶老师走过去，拍拍冬生的肩膀，叹了一口气说：“老师理解你的心情，但是你母亲已经失踪十几年了，即使还活在人世，她也不可能记得清回家的路了。”

冬生咬咬嘴唇，“嗯”了一声。

陶老师又说：“实在是机会难得啊。有了这笔资助，你就可以心无旁骛地学习，去实现自己的理想，成就一番事业。”

冬生说：“陶老师，我知道……”

陶老师顿了顿，又说：“你回去后，就把砖厂的活儿给辞了。因为这100名学生要去配合企业，进行一个月的巡回宣传。人家毕竟是企业，还是要讲一点社会效益的。”

冬生站起身，说：“我明白的，谢谢您陶老师。我回去再考虑考虑好吗？”

陶老师又拍了拍冬生的肩膀。

出了校园，冬生又去了镇上最大的一家超市，买了一条香烟，这里每条烟要比村里小店便宜一块五角钱。他想等哪天下雨停工，回去看看爷爷。

办完了这些，冬生看看表，已经耽误了三个多小时了。他忙去修车铺给

自行车加把气，准备往回赶。

修车铺的对面，是一片垃圾场。冬生无意地一瞥，就又看见了那个疯婆婆。

高中三年，冬生常常遇见她。一年四季，她那蓬乱的头发上，总爱扎根红头绳，缠个绿带子什么的，不管什么衣服，捡一件穿一件，一身的花花绿绿，稀奇古怪。但是她从不伸手乞讨，成天就吃在垃圾堆里，睡在垃圾堆里。

此时，她又在垃圾堆里翻找着什么。

突然，她抬起头来，冲着冬生咧嘴一笑，脸黑齿白。

冬生一愣，随即也笑了笑，就别过脸去。

冬生看到不远处，有家包子铺，就走过去把剩下的几个干瘪包子买下，又拿来那瓶陶老师送的矿泉水，向垃圾场走去。

骑了一段，冬生又回过头去。看到疯婆婆还站在垃圾堆里，远远地看着自己。冬生忙把头低下，一个劲地往前猛蹬。

回到砖厂，冬生一口气喝了两瓢凉水。他一抹嘴巴，拖起板车，进了车间。

表叔见了，就问："冬生，老师找你有什么事情啊？"

冬生支吾了一下，说："学习上的事。"

表叔"哦"了一声，又说："跑了这么远的路，就不要干了，去休息会儿吧。"

冬生说："我不累。"

表叔嗔怪道："这孩子，还算你一天的工钱。"

冬生"呵呵"地笑了："我无功不受禄。"说着，就猫下腰，拉起一车湿砖坯，稳稳地朝晒砖场走去。

情寄何处

朱道能

日暮时分,他终于赶到村口。春节的傍晚,没有男人荷犁牵牛的晚归,也没有女人河溪里淘米洗菜的忙碌。就连溪水也一改往日的喧哗,徐徐无声。在这难得的悠闲中,偶有几声零星的鞭响,夹杂着孩子的笑语。有一只黄狗,正躲在草堆下啃着一根骨头,还有肉味菜香,随着炊烟四处飘逸……

村口的小商店,早早亮起了灯光。有几个乡邻在说着闲话,见了他,都一脸热情地招呼着。他立即放下大包小包,连连回应,一一敬烟。刚唠了几句,爹来了。

“回了。”爹的话,永远是那么简明,然后就去提地上的行李。

有人对他说:“你爹都来瞄几趟了。”

也有人对他爹说:“养儿不要多,一个顶十个呀。老哥好福气哟!”

爹拿眼去瞅儿子,嘿嘿地笑。

回到家,把脸一洗,娘已经把七大碟八大碗摆上了桌子。娘的话比菜还多。

“狗啊,路上受累了吧?”狗是他的小名。

“冰冰的胃病好点了吗?”冰冰是他的妻子。

“蛋蛋长高了吗?”她总叫孙子“蛋蛋”。

在娘俩说话间,爹从柜子里拿出一瓶酒来。一看这酒,他愣了一下。去年春节前,妻子在单位分了八瓶抵债的高档白酒。本想给领导拜年时掂去两瓶,可一看领导摆满洋酒的酒柜,就打消了这个主意。后来这酒,就送了岳父两瓶,客户四瓶,朋友来家喝了一瓶,余下这一瓶,回老家时塞进了提包,他想让一辈子只喝两块五一斤土烧酒的父亲,也尝尝这百元佳酿的滋味。

娘说:“这酒你爹稀罕着哩,过生日时都舍不得拿出来喝一口。”

爹打开酒盖,先给他倒满,然后给自己满上端起来,和儿子轻轻一碰,仰起脖子一饮而尽。他心头一热,为不苟言笑的父亲和儿子这尽在不言中的一碰。于是,他也一饮而尽。

娘嗔怪道:“瞧你们爷俩,慢点喝,跟谁抢呀?吃菜、吃菜。”

就这样杯来盏去,一瓶酒很快去了大半。

他说:“爹,你少喝点。”

娘说:“老头子,你身体不好,就别逞能了。”

爹说:“没事。”

又是一杯。酒见底了,爹也醉了。他扶起爹,爹的头就软软地靠在他肩上。这一刻,他才突然发现,儿时印象中无所不能的父亲,竟然如此瘦小羸弱!他几乎是搂抱着把爹放在了床上。爹的手还一直抓着他的胳膊,嘴里还含糊不清地絮语着。他拉过被子,把爹的手轻轻塞进被窝。

出来时,娘已经收拾好饭桌。有杯茶,热气腾腾地等着他。

娘说:“你爹是高兴啦。”

他点点头。

“你爹是高兴啦。”娘又重复了一遍,“你们寄回来的纸片片,可给你爹长脸了。”

纸片片?他愣住了。

娘说:“就是那、那啥……”便转身进屋,拿出一个包来。解了一层又一层,露出的——是一张明信片。

他想起来了,那是春节前,儿子从学校带回几张学校发的明信片,说是要完成“感恩”的家庭作业。

儿子问他:“爸爸,爷爷家的地址是什么?”

他说:“算了吧,你爷奶都不识字,寄回去了也没有用。”

儿子说:“不嘛,老师说一定要寄的。”

于是,他就替儿子写地址。在写“浉河村”时,还一时想不起“浉”字是不

是应该有个三点水。有多少年没有给父母写信了呢？仔细想想，应该追溯到上大学的时候了。

他看儿子一笔一画地写道："祝爷爷奶奶春节愉快，身体健康！"他见下面还有大片空白，就提笔续了一句："祝爹妈笑口常开，健康长寿！"

儿子见了，又拿起笔递给妻子："妈妈，你也写一句吧。"于是，妻子也写了一句。然后，儿子交到学校，统一寄发了。

如果不提起，他早已忘记了这张"纸片片"了。他端起茶杯猛喝了一口，却烫得直吐舌头。

娘还在说："这张纸片片，邮递员就送在村口商店里。好多人看了都说不是一家人，不进一家门。儿子孝顺，孙子乖巧，媳妇也懂得礼数。"

"你爹才没有出息呢，跟俺一样，是个大字不识的睁眼瞎。他却没事捧着这个纸片片，左瞅瞅右瞄瞄的。"

说着，娘就笑出了声。他也跟着笑，肌肉却有些僵硬。

"前几天，你爹还说哩，掰个指头算一算，冰冰有五年没回了，蛋蛋也有三年没回了。"

娘总有说不完的话题。

他当即说道："原来是准备回的，冰冰单位要临时值班，孩子也要上补习班。"说这话时，他感觉脸在发烫。

娘也立即说："晓得，俺跟你爹都晓得。你爹还说了，你以后也不要年年回了。爹妈知道你们在城里的难处，喝口凉水都要花钱买。回来一趟，这七大姑八大姨的，你不容易啊。"

说到这里，娘的眼圈突然红了："你爹妈没有啥本事，出门在外都靠你自个勤扒苦做的。以后逢年过节，给俺们寄个纸片片啥的就行了。省俩钱儿，好给俺的蛋蛋上大学。"

他鼻子一酸，说："娘，你别这样说。"顿了顿，他又大声道："跟俺爹说，明年，明年我们全家一定回来！"

里屋，爹的鼾声正响。

一路刮到天堂的风

朱成玉

一

人们都叫他风。

风是一个半疯子，每日在村子里嘻哈着脸，悠闲逛荡，真的像风一样。只是这风着实是有些恼人的，就像患了神经衰弱症的人越想着睡觉，越能听见风不停地拍打着窗棂；就像早起的人刚刚打扫完院子，堆了一堆的垃圾，又被它吹散开来，使刚刚洁净的院子毁于一旦，人们索性丢了扫帚，愤愤地骂一句："这该死的风，来得真不是时候！"

风是学习学傻的。高考意外落榜之后，他就把自己困在屋子里，不吃不喝，只顾拿着书本不停地读，就这样把自己学傻了。

风是太想考好了，结果到了考场，大脑一片空白。他总是和自己说，考上了好大学就有了好工作，就能把母亲接到城里去住楼房，把日子过得红红火火的，让抛弃他们母子的父亲后悔一辈子。那是他一直以来的梦想，可是这个梦想却变成了沉重的包袱，害了他。

风时而清醒，时而疯癫，所以他算是个半疯子。母亲倾家荡产给他治病，却因为操劳过度而撒手人寰，直到死，也没看到他的病有所好转。留下他自己在这人间，领受着世间的悲苦。好在他是个半疯子，除了吃饭这个低级需要以外，别无他求。

最初的时候，邻居们看他可怜，总会送去些吃食。后来，人们就渐渐淡忘了他，当然，他饿的时候，总是会去邻居家讨要。邻居们大多也不太和他计较，都不介意给他一些吃的，毕竟他是个半疯子。

刚开始疯的时候，风总是待在家里，盯着墙上那张母亲的黑白照片发呆，他大概有些想不明白，活生生的人，怎么一下子就跑到墙上去，不再下来了呢？

“妈！”他唤着，却无应声。屋子空荡荡的，他倒是不那么悲伤，认为那是母亲和他玩捉迷藏的游戏，他不知道她藏到了哪里，只是有些恼怒，这个游戏玩得有点久。

二

说风是半疯子，就是偶尔也会有清醒的时候，那是他最痛苦的时候，因为他会确定母亲不在了，因为他听得见人们喊他“疯子”，他真想找个地洞钻进去。

不过这样的时候是越来越少了，村里的人都觉得他已经完全疯了。

疯了也好，疯癫的时候，他就快乐了，会忘记人世间的很多事。

邻居们后来开始有些厌恶他了，因为他不再那么安静，开始东游西逛，竟干些遭人嫌恶的事情，比如，把谁家栽种的花儿拔下来，换个地方插上，那花自然就枯死了；比如，把谁家的栅栏门推倒，把人家的猪崽儿赶出来玩儿；比如，把一泡屎埋在地上，他躲在墙后头等着人去踩……因为这些，他没少挨揍。

挨揍了也不长记性，风照样乐此不疲地调皮捣蛋。时间长了，人们也就不再理他，任凭他自生自灭。孩子们哄闹着向他扔石子，他并不恼怒，以为孩子们在和他玩耍。他恼怒的是大人把孩子们也一个个叫走了，剩下他一个人，孤零零地在大街上游荡。风吹着他凌乱的衣衫，使他不得不缩着肩膀，仿佛霜打的茄子一般，无精打采。

小胖看他可怜，跑过去塞给他一个馒头，他早就饿着，仿佛一口便要吞

下去的样子，可是到了嘴边，他却停住了，转而递给小胖："我把馒头给你，你陪我玩儿好不好？"

和饥饿比起来，他似乎更怕的是孤独。他这样顽皮捣乱，大概就是要引起人们的注意，不要人们把他忽略掉吧。是啊，他也是一个活泼的生命啊！

小胖说："好好好，我答应你，和你玩儿。"

风便狼吞虎咽地吃了起来。

小胖不胖，那是小时候家里人看他太瘦给他取的小名，希望他能胖起来；小胖不小，已经是个有了孩子的爸爸了，可是就像个长不大的孩子一样，喜欢和村子里的孩子们在一起玩耍疯闹，孩子们也都喜欢他这个"孩子头"。小胖总是很护着风，孩子们向风扔石子的时候，他就会把孩子们哄散，他似乎从来没把风当一个疯子来看。

所以，在人们忽略他忘记他的时候，小胖就是风唯一的玩伴。小胖总说，风是不该被遗忘的。小胖做了一个风车给他，告诉他："你奔跑起来，风就会跟着你奔跑，你奔跑得越快，风车转得就越快。"

那些寂寞的日子里，风便举着他的风车，奔跑在风里，不知疲倦地奔跑，风与风交织缠绕到了一起，似乎已分不清哪个是天上的风，哪个是地上的风了。

三

当然，人们也有想起风的时候，那就是农忙时节。谁家地里的活儿忙不过来的时候，都会去找他，让他去地里跟着干活。他习惯模仿，别人在前头提着镰刀割稻子，他在后头跟着，和别人做得丝毫不差，别人哼着歌，他也跟着哼，调子也是丝毫不差。

这个时候，风竟是这样聪明的，人们乐于看到这样的风："真是一个地地道道的好劳力呢！"人们看着他挥舞镰刀的背影，啧啧赞叹着。

风似乎听懂了人们的赞叹，变得乖了很多，闲下来的时候，就仰躺在稻

草垛上，眯缝着眼，惬意地享受着阳光的轻抚。

烦躁的时候，他是暴风，席卷一切，蹦跳着，对这个世界宣泄着某种不满；安静的时候，他就是微风，呼吸是均匀的，世界变得如此美好。

所以农忙的时候，人们喜欢风，他吃得也比较好。冬天就不一样了，到了冬天，人们闲下来，每天无所事事，男人们聚到一起打打麻将，女人们凑到一起唠唠家常。人们便又集体忘记了风的存在。

直到有一天，地面上落了一层薄薄的雪。邻居拿着扫帚打扫院子，风也拿着一把扫帚，学着邻居的样子打扫起自家的院子来。

“打扫得真干净啊，像被风吹过了一样呢！”邻居过来对他说。

风高兴得手舞足蹈，他开始喜欢雪，因为下了雪，他就可以扫雪，就可以被人夸赞了，他也会兴高采烈地把左邻右舍的门口都打扫得干干净净。

果然，上天好像懂了他的心思一样，接二连三地下了几场小雪。这下，他可算找到一个好活计，天刚蒙蒙亮，人们就听到一把大扫帚“沙沙”的响，邻居们在推开门的刹那，都会惊呼，风起得真早，风扫得真是干净呢！

风抄着袖，美滋滋地听着人们的赞叹。

小胖抱着孩子在屋子里招呼风，让他进来吃东西，他咧着嘴笑呵呵地刚走到门口，就被小胖媳妇给挡住了。

“就站这儿得了，别得寸进尺的。”她嫌风太脏了，不让他进屋。

“你就让他进来呗，人家都帮你扫院子了。”小胖对他媳妇说。

“一个疯子，值得你这么上心吗？”

“你觉得他是疯子，他就是疯子，你觉得他不是疯子，那么他就不是疯子。”

小胖知道媳妇的脾气，爱干净，心却挺善良的，也就不和她计较，拿了冒着热气的馒头递给门口的风。

“什么叫疯子，为什么叫疯子？”小胖怀里的孩子天真地问着。

“疯子，就是风的孩子。”小胖的声音很低，仿佛只有他自己能够听到，“因为疯子疯起来的时候像一阵风，那么快乐，那么无拘无束。世间最快乐的是风，它没有翅膀，却可以飞遍世间的每一个角落，你看不见它，它却无所不在。”

风忽然间愣了一下，那一刻，他好像有些清醒，听到了那些话，也仿佛理解了那些话的意思，竟然有眼泪流了出来。

四

一场大雪铺天盖地而来，之前那几场零星的小雪似乎就是为了这场大雪而做的铺垫。风异常兴奋，独自站立在大雪中，挥舞着他的扫帚，像一个少林高僧，任凭天上的雪花漫天飞舞，他的身前身后竟无半点雪痕。

雪下了一夜，风整整奋战了一夜。

第二天早上，邻居们推开门，看到了清扫得干干净净的门口，看到了趴在雪地上的风，也看到了一摊血，红得耀眼，令人们无法睁开眼睛。

风是累死的，临死前他咯出了积闷于胸的心结，他可以轻轻松松地走了。

就在他死后的某一天，村里来了一个看上去很有钱的中年人，他向人们打听风的消息。

村里人认得他，他是风的父亲，他是来认儿子的。

“你来晚了，风是个好孩子，你不该弃了他。”小胖把他领到了风的墓前。

“儿啊，爹对不起你……”中年人在那个小土包前跪了下去，声嘶力竭地号哭起来。

起风了，那风打着旋儿，就在那坟地的上空盘旋，然后依依不舍地离开，没有人注意到，那风里飘着一滴泪，仿佛整首欢乐的歌里唯一一个悲戚的音符，若隐若现，不仔细听，没有人会听出它的忧伤。

小胖说：“是风来回应你了，他不肯原谅你。”

中年人心里也清楚，他这一生都将被风缠绕，再无宁日。

从那以后，很长一段时间，村子里都没下过雪了。似乎，雪都被风扫

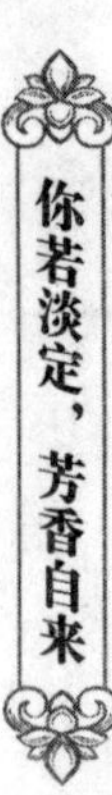

光了。

渐渐地,人们不再谈起风,这一次似乎真的要将风遗忘了。但是人们错了,因为风已经扎根在这里,和那百年的老树、老井,以及生生不息的炊烟一样,正在慢慢成为乡村的魂魄。

风是从午夜时分开始刮起来的,整整半个晚上没有停歇,似乎要一路刮到天堂去。人们熟睡着,偶尔有起夜的人,听到窗外沙沙的声响,不自觉地就嘟囔一句:这孩子,又起了这么大早!

第六辑

一只蓝色鸽子的忧伤

是的，我是母亲，她也是。我们都有一颗为了儿女忍辱负重甚至舍弃一切的心。为了儿女的幸福，矛盾可以消除，隔阂可以化解，辛苦劳累却甘之如饴。天下所有的母亲，都同此心。

我是母亲，她也是

卫宣利

我和许纯结婚时，婆婆强烈反对。因为我年龄比他大，学历比他高，婆婆怕自己捧在手心里长大的儿子，将来要受我的气。无奈我们先斩后奏，私下已经把证领了，婆婆心里不痛快，虽然勉强答应参加我们的婚礼，但事先声明，婚礼所有的费用，她一分钱都不会出。结婚那天，婆婆冷眼竖眉、面沉似铁，我叫她"妈"，她非但没给红包，竟连眼皮都没抬一下，哼了一声就算了事。

这事在我心里也结了疙瘩，婚后我没去过婆家，每年春节许纯虽然百般威逼利诱，想劝我同他夫妻双双把家还，但我心如磐石，岿然不动。婆婆也很固执，结婚三年她一次也没来过我家。

我以为我和她各自守着自己的城池，不会再有任何交集。甚至我怀孕到临产，都没有告诉她一声。却没想到，我生完女儿从手术室出来，第一眼看到的，竟是她。她怀里抱着那个粉团样的小人，像对待珍宝一样，脸上笑逐颜开，把宝宝捧到我面前，喜滋滋地说："是个女儿，女儿好，知道疼人。瞧瞧，这眉眼多俊秀，标准的美人胚子。"

我对她的印象还停留在婚礼上冷若冰霜的模样，这样毫无铺垫的喜悦和亲切让我有些不适应。一时间我的大脑里迅速闪出无数念头：她怎么突然就变了？这唱的是哪一出？不是想抢我的孩子吧？

我挣扎着要坐起来抱宝宝，伤口剧烈的疼痛让我瞬间汗如雨下。她慌忙来扶我："你刚做完手术，不能动。日子长着呢，以后有得抱呢。"看我满脸狐疑，她语气淡然地解释："没想到我会来吧？要不是心疼我儿子，你八抬大

轿请我也不来。这么大的事，小纯一个人怎么忙得过来？再说，你们也没经验，我不在身边照看着，万一我孙女有个什么闪失，后悔就晚了。”

我舒了口气，她这样直言不讳的坦率，让我找回了几分感觉。又暗自苦笑，是的，她心疼她的儿子、她的孙女，独独和我没什么关系。

我没想到她是那样能干的老太太，在医院的几天里，许纯负责做饭送饭，家和医院两头跑。她则守着我寸步不离，喂我吃饭喝水，帮我擦洗身体，跑前跑后地叫医生护士，交代许纯怎么炖下奶的黄豆猪蹄汤，我奶水不通时，她给我反复按摩疏通，给宝宝喂奶，换洗尿布……

那几天，她几乎没怎么睡觉，医院里没有陪护的床，她就躺在一张窄窄的简易钢丝床上，实在困了就眯一会儿，宝宝一哭，她立刻翻身起来，抱着悠来悠去。

我几乎要被她感动了，第三天，她给我削苹果吃，我动情地叫她一声“妈”，说：“您别忙了，歇会儿。”那声“妈”让她怔了一下，片刻之后，她又恢复了原样，说出口的话仍然直愣愣地：“歇什么啊？我辛苦劳累还不是为了替我儿子，我多干点，小纯就能少干点。”

一句话把我心里的感激冲得踪迹皆无。原来她对我所有的好，不过是替她儿子。

出院回家，当晚她就把许纯赶到书房去，她直接睡在了我们的大床上，说方便照顾宝宝，孩子太小，交给我们带她不放心。

宝宝很闹人，夜里不肯睡，一会儿一哭闹，她给宝宝喂水，换纸尿裤……白天她更忙，要跑到菜市场买新鲜的水果、蔬菜、鸡、鱼、排骨……回来洗切煮炖，给我滋补身体，又要洗衣服，洗尿布，涮奶瓶，给宝宝洗澡。

我由衷地感激她，让她搬到客房去睡，可以不被宝宝干扰好好休息，晚上由我和许纯照顾宝宝。她立刻瞪大了眼，说：“那怎么行？小纯白天要上班，晚上再带宝宝，哪还有精力？他的身子从小就弱，晚上熬夜多伤身体啊！”

她的话一下子堵在我的心口，是的，她如此不辞辛苦地忙碌，也还是心疼自己的儿子。

那次宝宝夜里忽然发烧，我抱着她滚烫的身体惊慌失措方寸大乱，要去医院吗？打针还是喂药？要输水吗？她这么小，不会烧坏吧？

我在房间里左一圈右一圈地转，内心焦灼犹如困兽。她却很镇静："没事，不超过 38.5 ℃，在家里物理降温就可以了。"她用凉毛巾给宝宝敷额头，用温水擦洗四肢，半小时喂一次水，一小时量一次体温，两小时洗一次澡……可到了下午，宝宝的烧非但没退，反而一下子烧到了 39 ℃。

我急了，要给许纯打电话，送宝宝去医院。她拦住我："小纯正上班，你一打电话他还不得心焦火燎地赶回来，万一路上出点岔子怎么办？小孩子发烧是正常的，我判断可能是幼儿急疹，不用去医院，你也别担心，很快就会好的……"

我心里窝的火"腾"地就燃了起来，不管不顾地冲她嚷："你就知道心疼你儿子，有没有想过我的感受？我能不担心吗？她是我女儿，真出点什么事我也不活了……"

她等我发泄完了，才心平气和地说："你的感受我懂，孩子一病，当妈的心就揪着，天底下的妈都是这样。你要是真不放心，我陪你去医院。但幼儿急疹的确没必要去医院，补充水分，物理降温就可以了。"

我冷静下来，上网一查，宝宝的症状的确像是幼儿急疹。我心下稍安，没再坚持去医院，和她一起精心护理宝宝。她衣不解带，喂水，洗澡，量体温，敷冰块……两天后，宝宝烧退疹出。

为了感谢她的辛劳，我给她买了一对玉镯。没想到她却不领情："买那玩意儿干啥？你们现在正是用钱的时候，小纯一个人养家，不容易。去退了吧。"话还是那么硬邦邦的，她心疼的还是自己的儿子，但我心里早已释然。她所做的一切都打着心疼儿子的名义，但事实上，我也在享受她母爱的惠泽。或许在她的眼里，我和她的儿子早已合为一体，都是她的孩子。

是的，我是母亲，她也是。我们都有一颗为了儿女忍辱负重甚至舍弃一切的心。为了儿女的幸福，矛盾可以消除，隔阂可以化解，辛苦劳累却甘之如饴。

天下所有的母亲，都同此心。

一只蓝色鸽子的忧伤

朱成玉

他被遗弃的时候，大概四岁的光景。那是个凛冽的冬天，风长了牙齿，要吃人的样子。茂祥老汉是在公园的长椅上捡到的他，当时的他，差一点就要被冻僵了。

茂祥老汉是个孤苦无依的人，靠捡垃圾收破烂维持生计，这凭空多出来的一张嘴，使他本来就难熬的日子雪上加霜。但茂祥老汉并不觉得悲苦，反倒觉得死水般的生活忽然荡起了幸福的涟漪。

那些日子，他每天都哭哭啼啼的，为了哄他高兴，茂祥老汉养了一只鸽子给他玩，这只鸽子成了他童年里唯一的玩伴。

鸽子是蓝色的，天空和大海的颜色，自由的颜色。他喜欢这只鸽子，鸽子也喜欢他，每天不时地蹲在他的肩头，伏在他耳边"咕咕"地叫着，仿佛两个贴心的人在窃窃私语。

茂祥老汉说，你那么喜欢这只鸽子，那我以后干脆就叫你"蓝鸽"吧。

蓝鸽不爱说话，只有捧着鸽子的时候，才会喃喃地和鸽子说："小鸽子，你告诉我，妈妈在哪里呢?"茂祥老汉听着心里难过，发誓一定要替他找到他的亲生父母，并把他完好无损地送回去。

茂祥老汉常常把他举过头顶，好像要让他够得着蓝天，抓得住白云。他的手里拿着老人给做的风车，老人迅疾地转着圈，风车在他的头顶呼啦啦地转。那一刻，他觉得自己仿佛长了翅膀。

好心人施舍的一些食品，老人不舍得吃，都要拿回来给他。看着他狼吞虎咽地吃着，老人就会很欣慰，用手摩挲着他的头，仿佛这就是他的亲骨肉。

平日里茂祥老汉喜欢晚上喝一口,也是为了解解乏。但为了蓝鸽,他把这唯一的嗜好给戒了。老人用自己辛辛苦苦攒下的钱供他上学,给他买好看的书包,一身很体面的衣服。但所有这一切,都不能掩盖他的忧伤。

日子一天天过去,蓝鸽慢慢地长大,成了一个阳光般的少年。只是,他依旧沉默,他越来越断定,自己是被遗弃的。

几年来,茂祥老汉不停地在报纸上为他登《寻人启事》,可是始终没有人来和他相认。

终于有一天,一个穿着很体面的男人敲开了茂祥老汉的门。

“请问,是您在八年前,在人民公园的长椅上捡到了一个孩子吗?”来人很焦急地问,“能不能让我见见他?”

茂祥老汉仔仔细细地打量了这个人一看,感觉他像是个有文化的人,面相也不那么奸猾,就让蓝鸽出来。

那个男人打量了蓝鸽不足五秒钟,就激动地把他紧紧抱住:“对不起,对不起,爸爸整整把你丢了八年。这八年,让你受了多少罪啊!”

蓝鸽却挣脱出来,他指着衣衫褴褛的茂祥老汉,他说:“你错了,这才是我的爸爸。”

那个男人和茂祥老汉详细说了当初离弃孩子的原因,他说当时他的老婆和别人私奔跑了,而他又刚刚失业,他动了轻生的念头。可是孩子是无辜的,他不能让孩子跟他一起去天堂。他就把孩子放到公园里,希望能有好心人把他收养。他自杀未遂,被人救下。等他要回去找孩子的时候,孩子已经不见了。

“这些年,我每天都在思念他啊。”这个大男人说到动情处,竟然掉下了眼泪。

茂祥老汉仔细打量着他和蓝鸽,发现他们长得还真像。他断定,这个人就是蓝鸽的亲生父亲。

他让那个男人先回去,他来劝说蓝鸽。

他说:“他是你的亲生父亲,他会疼你爱你的,你跟着他回家吧。”

“不，你才是我的爸爸。”蓝鸽很倔强。

“这么多年，他找你找得很苦，他也不容易。”

“可是我走了，你怎么办？”

“我没事，你没来的时候，我不是也好好的吗？”

“可是我真的舍不得你啊。”

“那你就把这只鸽子带走，想我的时候就用它给我捎信来。你不知道，这是个地地道道的信鸽哩！”

蓝鸽使劲点点头。

蓝鸽就这样被亲生父亲接走，去了相邻的另一个城市。

那一夜，戒了很多年酒的茂祥老汉重新拿起酒瓶子，一个人喝了满满的一瓶酒，酒后的他咯了很多血。他在屋子里一边哼着蓝鸽经常唱的一首歌，一边老泪纵横，不住地用手抹着脸。他想，这孩子，就是他救下的一只鸽子吧，他应该有属于自己的蓝天。这样想的时候，心便释然了。

从此以后，茂祥老汉每天都坐在墙根儿，等着那只鸽子捎来蓝鸽的消息。

一天傍晚，那只熟悉的鸽子果然飞回来了，落在他的肩头。他打开绑在鸽子腿上的纸条，看到了下面的话。

爸爸，在我回来之前，求你一定要坚强地活着！

我之所以选择跟他回家，是因为我要从他那里拿到一笔钱来给你治病。你以为我不知道你的病情，其实我什么都知道，医院给你开的诊断我偷偷地看到了，那上面有我最不愿看到的“癌”字，那一刻，我感觉整个世界都凝固了。我咒骂上帝，他怎么忍心让这么好的人得了绝症。不过请你相信，爸爸，这并不可怕，让我们一起加油打败它吧。还记得我们的约定吗？我说在我考上大学的时候，我要领着你到我的新校园去看看，我要让所有人都知道，我有一个多么伟大的父亲！所以，为了那个约定，求你一定要好好活着，等着我回来。很快！

茂祥老汉的手颤抖着，心却是暖的。他以为把病情隐瞒得天衣无缝，没

想到蓝鸽什么都知道。

茂祥老汉终没能等到蓝鸽回来，在一个阳光灿烂的早晨，他微笑着离开了人世。死的时候，他望着蓝天，那里有鸽子飞翔过的痕迹。

茂祥老汉下葬的那天，人们发现，一只鸽子飞到他的坟头上，久久不愿离开。

那只鸽子是蓝色的，天空和大海的颜色，自由的颜色。

播种太阳

张燕峰

去年暑假，我作为志愿者参加了“种太阳”关爱留守儿童的暑期实践活动。

我和同学们来到一个叫罗店的小镇。那里有很多的留守儿童，我们辅导孩子们做功课，也和他们一起做游戏，更重要的是关注他们的心理健康。

在那里，我认识了12岁的阿强。他的爸爸妈妈在广州一家水站打工，即使是过年，也很少回来，只留下阿强与70多岁的爷爷在一起生活。阿强比其他孩子更沉默，嘴唇紧紧地闭着，眼睛清亮得像一弯清清的湖水，但眼神空洞无助，有着与年龄不相称的忧伤和落寞。

走进阿强家的院子时，我一下子愣住了：土墙坍塌，石头土块随意散落着，荒草萋萋，像发了疯一样兀自繁茂着，院子的中间有一块巴掌大小的菜园，种着几棵向日葵，稀稀疏疏，如病中的少女，孱弱不堪，有气无力。

进到屋里，屋子并不大，墙壁被烟熏成了黑褐色，仿若一张泛黄的照片，印记着时光萧瑟而又黯淡的容颜。屋顶罩满了烟尘丝，纵横交错，状如蜘蛛网。几件简陋的家具上覆盖着厚厚的灰尘，碗筷杂乱地堆放在一个白铁盆子里。我的心好像突然间坠入无底深渊，很沉很沉。

见我进来，阿强从凳子上弹起来，嘴巴张成了圆圆的“O”形，但仍然不说话，只默默地从墙角拖过一张木凳，用袖子在上面用力地擦了几个来回，努了努嘴巴，示意我坐下。

我道了谢，刚刚坐下，一种说不出的怪味排山倒海般地涌进鼻腔，我一阵晕眩，几乎窒息，于是站了起来，说：“外边的阳光多好，打开窗户吧，我们

也去外边晒晒太阳吧。”

阿强仍然沉默着，听话地搬了木凳，把窗户打开了。我牵着他的手，来到院子里，目光落在那几棵模样清瘦的向日葵上。

我笑了：“啊，一定是阿强种的了。阿强真的很能干啊！”

阿强轻轻地点点头，嘴角浮上了一抹浅浅的笑意，像流星划过苍茫的天际，瞬间陨落了。

我说：“阿强，种下去还不够，还得管理呢。来，找把锄头，咱们一起给你的向日葵们除除草吧。”

阿强的嘴巴紧紧抿着，转身进了屋里取了锄头递给了我。我蹲下来，小心翼翼地锄着杂草，生怕伤到了那几棵纤细的向日葵。阿强懂事地把杂草拢在一起，跑跳着扔到了院子外面。

10 分钟后，小菜园里的杂草不见了，显得清清爽爽。

“阿强，荒草实在太多了，长得又特别茂盛，它会与你的向日葵们争夺营养的，我们干脆也把它们除掉吧。”说完，我便动起手来。阿强还是不说话，只是很努力地拔着那些杂草，为了拔一棵最粗壮的蒿草，他仰面摔倒了，两只小脚丫斜斜地伸向空中。

看到他滑稽的模样，我忍不住笑出了声，阿强也笑了，笑声清脆，像风中清脆的铃铛声，我们的笑声愉快地在风中打着旋儿，回荡着，似乎空气中也弥漫着甜蜜愉快的味道。这时，阿强的眼睛亮晶晶的，额头和脸上闪着耀人的光泽。

整个上午，我们把院子里的杂草清理得干干净净，我们也累得够呛，腰身松松垮垮，浑身像要散架一般。我喘着粗气，说：“把杂草除干净，你才能种上一些有用的东西，它们才会在阳光下蓬勃生长。”

阿强默默地点点头。

几天后，当我再次踏进阿强的家，发现院子里的地已经翻过了，我笑着感叹道：“啊呀，真是了不得了，阿强竟然这样能干！准备种些什么呢？”

阿强羞赧地一笑：“向日葵。”

“为什么不种些蔬菜呢?”我不解地问。

阿强仰起小脸:“向日葵开着金黄色的花朵,跟着太阳转,像人的笑脸。好美!”一口气说这么多,连他自己也吃了一惊,不好意思地低下头。

“我也喜欢向日葵。我喜欢它的性格,不管长在怎样的环境里,总是尽情地张开笑脸,忘我地绽放笑颜,追随着太阳,顽强地生长,生长……我们每个人都应该是棵向日葵,让阳光洒遍我们心灵的每个角落。”

阿强沉默不语,若有所思地点点头。

几天后,我又走进了阿强的家。屋子里干净整洁了许多,灰尘不见了,蛛网状的尘丝也不见了,那种难闻的气味也没有了。阿强的爷爷正好在家,老人家瘪着没有牙齿的嘴,对我说:“姑娘,自从你们来后,我的孙子好像变了一个人,特勤快。”

下午,我买来几袋大白粉,和几个同学把阿强的家粉刷一新,最后,我们又用白纸把顶棚糊了一遍。阿强像只快乐的小鸟,飞进飞出,忙着给我们递东西。屋子虽然不是特别白,但显得亮堂多了。看着洁净的家,阿强拉着我的手,问道:“姐姐,天堂里是不是这个样子?”

我摸着他的头:“阿强,只要心里有太阳,有爱,有希望,哪里都是我们的天堂。”

阿强眼睛望着院子里日渐粗壮的向日葵,似乎在自言自语:“对,心中要有太阳。”

阿强的话渐渐多了起来,他也常常跑来找我,问我各种各样的问题:“广州大吗?越秀区漂亮吗?”我打开电脑,找到广州的图片,阿强看得津津有味,看着看着,安静下来,眼角滚出了点点泪珠。

我掏出手机,递给他:“给妈妈打个电话吧。”

阿强感激地看我一眼,接过手机,很快电话接通,“妈妈!”阿强刚刚叫了一声,对方说:“阿强,妈妈这里忙,正给人家送水呢。你要听爷爷的话。”电话便匆匆挂掉了。

阿强放下手机,“哇”地哭出声,跑了出去。

在镇里的池塘边，我找到了阿强。他神色平静了很多，冲我抱歉地一笑。我在他身边坐下，搂住了他的肩膀，轻轻地说："阿强，你要理解爸爸妈妈，他们在外边很忙很累，每个人都有自己的一份工作。何况他们在外面忙碌辛苦，也是为了让你受更好的教育，有更好的前程。"

阿强静静地坐着，并不开口。过了一会儿，他伸出手指："姐姐，你看！"顺着他的手指，我看见池塘的另一边，有大片的向日葵，每一棵都茁壮挺拔，金黄色的花朵怒放着，闪着耀眼的金光。

"姐姐，我也要做一棵向日葵，因为我的心中有了阳光。"

看到阿强如向日葵般灿烂明亮的小脸，我欣慰地紧紧把他拥在怀里。

几天后，暑期活动结束。阿强拉着我的手，来到他家的院子里，那些向日葵已明显壮实了许多，迎着风刚刚吐蕊，沐浴在迷人的阳光下，绿色的叶子自由舒展着，煞是可爱。阿强笑着说："姐姐，等它们成熟的时候，我一定给你寄一包葵花籽。"

我笑了，眼泪却酣畅淋漓地流下来，在朦胧的泪花中，我仿佛看见一棵向日葵，张着笑脸，追随着太阳顽强地生长……

亲亲的棉花

雨 兰

一朵朵的白。柔软的白。炫目的白。温暖的白。在我的记忆里摇曳着,摇曳着。

那是棉花！我的亲亲的棉花！

她们的白,是被母亲与姐妹们的汗水与泪水漂洗过的白。

她们的温暖,是被母亲与姐妹们的手与胸体贴过的温暖。亲人般的温暖。

像麦子、玉米、豆子、谷子等作物,播种下去,浇上几遍水,施上几遍肥,锄上几遍草,只要大体上风调雨顺,就可以安心地等着收获了。

但棉花不行。说起棉花,我总有种贴心贴肺的感觉,总有种扯皮连肉的温暖与疼痛。她们更像是那些辛勤的母亲们、姐妹们养出的孩子,从一粒毛茸茸的种子到捧在怀里的云朵般洁白的棉花,一把汗一把泪地把她们养大,用小半个春天、大半个秋天,以及整个夏天的汗水与泪水养大。

广袤的棉花田里,是母亲们、姐妹们在忙碌。整个夏天里,她们也像是长在棉花地里一样。她们任劳任怨,掐枝打杈,捉虫打药,精心地呵护,不厌其烦地管理。

自从棉棵长到高于脚踝的时候,就开始修枝打茬了。那些青枝绿叶的棉棵啊,她们从来就不是令人省心的孩子,几天不管,就会长疯了、长狂野了,像青春期的叛逆少女,不管不顾地疯长。在农活中,修理棉花,是简单的技术活儿,更是体力活儿,要有足够的体力,还要有足够的耐心。

修理一上午的棉花,这一上午的大部分时间,腰是弯着的,两手浸满了

棉花嫩叶的绿汁，绿绿的，散发着一种不太好闻的气息。低着头弯着腰修理一上午，腰酸腿痛不说，经常犯恶心。暑假，还有秋假，这是我最头痛的“作业”。我宁愿干些别的脏的累的活计，也不愿去棉花地。但母亲一个人忙不过来，我不愿去也得去。妹妹也是。我们很小就长在棉田里了。

田园诗读起来总觉得美好，令人神往不已。现实中农事的劳动，不仅远没有田园诗里写得那么美，甚至还很残酷。还是曹聚仁说得切实：“翻开《小说》半月刊第三期，便见郁达夫先生手写的诗《临安道上即景》，泥壁茅蓬四五家，山茶初茁两三芽；天晴男女忙农去，闲煞门前一树花。不禁想起陆放翁的诗、辛稼轩的词来。这轻松的农村风物，如三月和风，使人做悠然尘外之想。可是我从农村来，颇知农村事，这诗的农村剪影，全是文人的幻觉。”（曹聚仁《文诌》）棉田里的劳动，实在是没有多少诗意可言的，是苦是累是脏，甚至是危险。给棉花打药则是有些偏重的体力活，装满药水的桶大约有二三十斤重，几十斤的药桶背在背上，讲究一些的在短衫的外面披上一块棉布包袱。最热的暑天，经常是太阳最毒的中午，喷洒的农药才能起到最好的效果，肩膀勒出了血痕，背上捂出了痱子，这都是常事，最可怕的是农药中毒，尽管都小心又小心，但农药中毒的事件每年夏天都会发生几起。

还要捉虫，用手捉。有一种棉铃虫，到了二代或者是三代，具有了耐药性，剧毒的农药也打不死。只好一家人全上阵，一人拎着一个废旧瓶子，天蒙蒙亮就趟着冰凉的露水到棉花地里捉虫。棉花开出的花也是很美的，粉红的、淡黄的、白色的，但劳碌的人们无暇也没有心情欣赏，而这棉铃虫大多数是在棉花花心里躲着的，它们咬吃花心，进而钻到稚嫩的棉桃里继续祸害。

棉花花开谢后，便结下青绿的果实——棉桃。这棉桃，就是雪白、温暖的棉花的摇篮，或者说是幼年。棉花喜旱。对于棉花来说，有些秋旱倒是好事，日晒足，棉桃发育得好，开出的棉花朵大、绒丰。如果这一年赶上“秋傻子”天气，也就是连阴雨天气，成长发育中的棉桃会慢慢沤掉，收成最少也要减去两三成。

一两场霜降后，那些由青绿变成紫褐色的棉桃一个个绽开了笑口，笑口里露出的是洁白柔软的棉朵。大半年的辛苦，终于迎来了收获的喜悦。如果说农田劳作有些诗意的话，拾棉花可以算是最富有诗意的一种。秋高气爽，抬头，湛蓝湛蓝的蓝天，白云朵朵，美丽、轻盈；低头，棉田里朵朵棉花，洁白、温暖，秋风吹来，舒爽通透。一双双手，在棉田里欢快地游动着，舞蹈着，歌唱着。粗糙的手，是母亲们的；细嫩的手，是女儿们的。大包袱、小包袱，紧紧系在胸前，一朵朵的棉花摘到手里，收进怀里，便和你贴着心，靠着肺。人拥抱着棉花，棉花也拥抱着人，人暖着棉花，棉花也暖着人，棉花和人心跳相连，呼吸相接，体温相融，便也有了相濡以沫的亲情。棉田广阔，挨着近的，叽叽喳喳地聊天；喜欢唱的，高高兴兴地哼唱，调子跑到村口也不影响兴致；有心事的，边两手麻利地拾棉花，边想着甜蜜的心事……

棉花是那时的主要经济作物，一个家庭就指望棉花丰收，卖掉一大部分，孩子的学费、春天的肥料钱就有了着落，再有富余，大人孩子添置件新衣；留下一小部分，给一家人做棉衣、做被子；家里有女儿大些的快要出阁的，有儿子大些的要娶新媳妇的，这卖得的棉花款里还会有一两床喜庆的大花锦缎被面，过日子有底的母亲们会为儿女的幸福慢慢地积攒，即使自己勤俭再勤俭、委屈再委屈，也是喜悦的、无怨的……

麦子、玉米、黄豆、稻谷等粮食作物丰收，一家人一年的吃食有了着落。棉花丰收，一家人的小小幸福，也有了着落。

亲亲的棉花，温暖的棉花，也是我心中最美丽的花。

小人书里的童年

雨 兰

有一次外出回来，看到路边有一旧书摊，旧书摊上竟摆放了不少旧旧的小人书，我的心中顿时涌上一种犹如遇见了多年不见的好朋友的欣喜，禁不住蹲下来，翻看了一阵，然后选了几本带回家。

如果小人书也算是书的话，那么它们就是我童年时代所读过的最多的书了。

生于20世纪70年代的乡村孩子，哪个不是读着小人书长大的？那时候，我们管小人书叫"huaben"，至于根据拼音写出来的那两个字，是话本呢？还是画本？也没有人认真去计较。

简洁的文字，生动的画面，一个完整的故事，小人书在阅读饥渴的乡村孩子眼里、心里，都是稀罕物。小人书有不少是成系列的，像《三国演义》系列、《水浒传》系列、《西游记》系列、《聊斋》系列，等等。因为是成系列的，所以你看了这本，会想着念着找下一本来看。小孩子哪个不好奇，谁不想知道后事如何啊，若是看不到，那心里还不整天跟小猫在里面抓挠似的？《三国演义》里如草船借箭、官渡之战、火烧赤壁等精彩篇章，我就是从小人书里了解到的。

手绘的连环画，还给了我们最初的美术启蒙，绘小人书的画家后来有不少成为美术界的名家，当然，大都是或改画国画或改画油画了。早期的小人书大都是手绘的，后来逐渐有了影印的，像戏曲故事等连环画，影印的就比较多。手绘的最好看，我最喜欢。乡村的小学里，没有美术课，也没有美术课本，更没有美术资料，甚至都没有美术老师。我上的村小学，只有一到四年级,要上五年级还要跑到两公里外的邻村。老师也大都是民办教师。记得上二年级时,一位教我们语文的老师突然来了兴致,要为我们上一堂美术课,大家都很兴奋。其实那堂美术课就是老师一手拿着连环画,一手捏着粉笔,在黑板上画了一个人物半身像。那是我在乡村小学以及中学上过的唯一一堂美术课。

课下临摹连环画上的种种人物,就是我和喜欢画画的同学们经常做的功课。披盔戴甲的古典英雄人物、侠女十三妹、观音菩萨,还有那些宽衣博带的古代人物,我都画过不少。当然,这些也要偷着摸着干,画画在当时的父母眼里是不务正业的,在学校里学习、回到家里要做家务,才是正事。

说来我也是老实听话的乖孩子,爱学习,爱劳动,但有一次我却鬼使神差偷偷拿了家里的两角钱,托赶集的同学买了一本小人书。事情不久就东窗事发了,因为赶集回来的同学把买来的小人书和剩下的钱送到了我家里,而我当时又正好不在家。大概因为我一直是品行端正、老实听话的好孩子,父母并没有因此呵斥我,我的父亲居然看得比我还津津有味,这小人书买得也值了,牛家每个人都至少看了一遍,这本小人书叫《真假孙悟空》,是改编自小说《西游记》系列里的一本。

小人书也不那么容易看到。班里如果谁带了一本新的小人书,可就成了班里的“大红人”“权威人物”了,自己班的、外面班的,都在排着队等着看呢。那一天,带新小人书的权威人物可威风八面了:想给谁看就给谁看,不想给谁看就不给谁看,说一大堆好话也不成。有的同学还想出来歪招,借小人书看,不难,但要拿空白作业纸一张或者两张来换。稀奇好看的小人书,要三张空白作业纸来换。那时候谁家不缺钱啊,用我母亲的话来说就是大人们一分钱恨不得掰成两半花,作业本都是大人花钱买来的,在大人眼里金贵着呢。一本好端端的作业本平白无故地被撕掉了几页,有的家长如果盯得严,晚上回到家一检查作业本,那么,同学自然是免不了要吃巴掌的。

我看的小人书主要来自同学手中,因为我学习好,看书也比较爱惜,有不少同学乐意借给我看。偶尔到外婆家去,还能看到舅舅搜罗的一些小人

书。大约是上小学四年级的时候，班里的一位男同学不知为什么，交给我足有二十多本小人书，让我替他保管，那些小人书在我家里存放了一段时间，让全家人都过了看小人书的瘾。特别是我那爱看点书报的父亲，每一本都翻了个遍，还经常眉飞色舞地讲给不识字的祖母和母亲听。至今，在老家的一个小木箱子里，父亲还存着十几本小人书。那也是我们姐妹童年的精神财富了。

小人书虽然勉强沾着点书的边，但在书籍无比匮乏的年代，还是给了孩子尤其是乡村的孩子们无穷的乐趣，给了童年生活一点点文化气息。再说，那时小人书的内容，用一句时髦的话说，还是能传递正能量的，没有乱七八糟的东西，没有对传统古典名著的颠覆和恶搞。对于我来说，正是那一本又一本的小人书，丰富了我的童年生活，也点燃了我童稚的心中那文学与美术的星星之火。

回归

杨柳芳

半支烟说，除掉身上的衣服，只能带一件身外之物，你得想好了，被困在森林里，或饿死，或被野狼吃掉，都是很正常的事儿。

我把骆阳的相片放进怀里，然后坚定地点点头。

半支烟咧着嘴笑，烟气从他嘴里缓缓地飘出来，氤氲地在他脸上悬浮着，把他那张棱角分明的脸若隐若现地呈现出来。

他把嘴里的烟完全地呼出来后，忽而一拍大腿道，走！

半支烟海拔1.86米，犹如一棵挺拔的白杨。此时，这棵白杨正俯视着我这个歪瓜裂枣，待我又把头沉下去后，他执拗地把我从山崖上掩起来，唤道，呆瓜，还不走！

半支烟像提一只猫一样把我提上了他的丰田越野车。

汽车一路飞驰着，把四周的山山水水都甩在了后面。半支烟似乎永远叼着半支烟，连开车时也不放过，偶尔他会随着音乐哼上一段，有时还会看看我，然后露出一丝诡异的笑。

一片树叶从窗口飘进来，半支烟说，我们这是回归，就像这片树叶，很多人以为它的生命结束了，其实不是，它又回归至原来的状态了。人生也如此，我们常常在不断的回归中不断地崛起。他顿了一下，接着说，我们可以没有电灯、没有手机、没有钞票、没有情人……说到这，他看我一眼，继续说，原则上来说，我们都穿了衣服，我们回归得并不彻底，特别是你，还在衣服里藏了一个男人的相片。

我没有理会半支烟的话，我的脑海里又浮现出骆阳的笑容。如果骆阳

还在的话，我是不会和半支烟去回归的，我更不会跑到山崖上，寻求死亡的刺激，然后也不会遇到他，这个有些莫名其妙的半支烟，他像怪物一样看了我一个上午，然后又像怪物一样把我提上他的车。

汽车在一片森林面前停了下来。半支烟跳下车，给我打开车门，还在我犹豫不决的时候，他再次把我提起来，噔噔噔地往森林里走去了。

我从半支烟手里挣扎下来，很主动地尾随他而去。我想，我们真的是去回归，我看到半支烟走向森林的那一刻，仍然只叼着半支烟，他没有带任何食物，连一瓶水也没有。我甚至觉得，半支烟或许和我一样，他也有想死的念头吧，他用回归这样的词语来代替死亡，貌似很得体，很抒情，很人文。

一路上半支烟没有再说话，他的步伐很稳当，他似乎来过这片森林，他没有为应该走哪个方向而停留一下脚步，他只是偶尔会回过头看看我，然后又不断地催促，快，跟上……而我的步伐却是越来越沉重，我摔过几个跟头，手脚被树枝、石头之类的东西划得伤痕累累，以至于我一屁股坐下来的时候，对半支烟莫名地产生了一股怨恨。我朝他的背影喊，你想让我死，就找个让我死得痛快的方法，别在这里和我说什么回归。

半支烟停下脚步，他抬头看看头顶上的天空，几片云正悠然地飘浮着，他折回脚步，在我身旁坐了下来。他说，我们估计走了5个小时了，眼看天马上要黑下来了，你不是想死吗，死亡离我们越来越近了，到了晚上，说不准我们会被一群野狼给叼走，不！也可能是黑熊，你听过一头黑熊把人的眼珠挖出来玩的故事吗……

我“嗖”地站起来，一股从未有过的求生欲望使我往前冲去。半支烟追上来，一边追一边念叨着，这个地球被污染得太严重了，要把地球回归至原来的状态，那是不可能的了。我们只能一点一点地帮助它，就像这片森林，我希望这片森林可以给地球一点生气，把人类对它造成的伤害减少一点，哪怕一点也成，我们要回归，地球也需要。

你在听我说吗，这会儿说说话，对我们有好处，起码说明我们还活着。

我不知道我们走了多长时间，更不知道走了多少路程，当我一头栽倒在树根上时，我仿佛看到头顶上的月亮正忧郁地看着我，它被一拨又一拨的浮云遮掩，那面目如同我的心情，复杂而忧郁。我的肚子很饿，饿得几乎要死去。我感觉到半支烟过来扶我，不！严格上来说，他仍然像提一只猫一样把我提起来，然后又把我放在他的背上，他一路颠簸着，我听见他在说，这是那也森林，我最熟悉的一片森林……

醒来的时候，我已经躺在病床上，我看到床头柜上搁着半支烟，护士过来要清理的时候，我问道，半支烟呢？护士露出疑惑的表情，我指指那半支烟，护士笑道，你是说韦那也先生啊，他走了。

韦那也？护士点点头，他是那也森林的创始人。

我一愣，再摸摸怀里的骆阳，心里忽而变得一片沉静。我想我已经回归了吧。

总有一种爱能让你感动

杨姣娥

他是我的老乡，一个两岁时在一场大火中毁了面容，双手仅剩下左手最后3个手指的男人。

实际上，我们根本算不上老乡，只因为我们在参加中国残疾人作家联谊会时，他得知我是湖北黄石来的，便表现出一种特别的亲切，他伸出右手，热情地说："老乡，我生在武汉，工作在岳阳，妻子却是阳新人。"而我，也在惊喜的表情中，伸出右手，笑着告诉他："我是生在黄石，长在湘潭，然后又回到了黄石。"自然，我的手掌握住的是一块充满了硬性和力度的算不上拳头的拳头。那一刻，我的心里唯有难以自抑的感动。

一直以来，我的内心始终不肯也不愿承认，我的生命是残缺的，是与另外诸多残缺不全的，有着悲伤命运和无奈叹息的柔弱生命联系在一起的。我小心翼翼地守护着内心深处那块结了痂的伤口，与周围人一起肩扛手提，爬梯下井，笑迎生活，用一种坚韧的外壳包裹住自己脆弱的内心，生怕哪一天不小心便鲜血淋漓地展现在大家面前，尽管我的写字台的抽屉里早已躺着一本墨绿色的残疾人证。

很多时候，我只想把自己静默成一座没有生命的雕像，远远地淡出人们的视线，悄悄地生活在群体之外。所以，当我接到中残联宣传部通知我赴京开会的电话和传真时，我的心情是兴奋而犹豫的，我不知道，一个已经淡出工作岗位很久的人，是否还能像过去一样拥有生命的华章。

感谢我单位的领导，他们让我永远记住了2004年12月2日这个不平凡的日子，作为湖北省3个残疾人作家代表之一，我站在了生命的泰山之上。

我与70多名残疾人作家胸戴康乃馨鲜花，聚集在北京国谊宾馆，参加中国残疾人作家联谊会成立大会，审议章程，选举联谊会会长、副会长、秘书长，见证中国残疾人联合会那些坐轮椅、拄双拐的领导人，奔忙在为残疾人事业发展的艰辛路途上，聆听邓朴方主席亲切而朴实的讲话："中国残疾人作家联谊会是我们残疾人作家之间、残疾人文化事业中的一件大事。这个组织既然成立了，我希望我们所有的人都来爱护它，珍惜它。这是一个宝贝，是我们大家的宝贝……残疾人作家是我们残疾人队伍里的精华，也是我们残疾人在精神层面的一个代表，是我们残疾人的光荣。大家都珍惜你们。我觉得你们是非常了不起的人，所有的残疾人包括我自己，是真心实意地尊重你们，甚至是崇拜你们，向你们学习。看见大家我都觉得很亲热，有时候竟说不出话来，但是我第一个感觉，想要跟大家说的就是，希望大家保重身体。我知道大家都很拼，都拼得很厉害，但身体还得保重，我们要多活两年。咱们虽然残疾了，但身体状况稍微好的情况下，多活两年，多看看这个世界，多看看国家的发展，多看看人的生命，多看看我们自己的人生，我想也许我们能够多写点好的作品……"

我的眼泪无声无息地滚落下来。环眼四顾，我发现周围每一个残疾人作家的眼里都饱含着泪水。我们无言，我们鼓掌，我们心怀感激，我们知道，我们这些用文字抒写心灵之歌的残疾人，正免费享受着国家副部级以上的待遇——每天的食宿费为1 480元；我们也知道，有一个山东的残疾人企业家，得知筹备了十几年的中国残疾人作家联谊会召开成立大会后，立即捐款4万元，为到会的每位残疾人作家发放500元钱的补助费；我们还知道，那个因筹备联谊会而推迟了婚礼的中残联干事小张；那个因妹妹脊椎弯曲30°，生活完全无法自理而放弃婚姻、放弃房子，甘当妹妹手和脚30多年的北大荒二姐；那个因患尿毒症必须两天透析一次，身体极其虚弱的著名作家史铁生仍然摇着轮椅来到会场的动人场景……

生命是脆弱的，也是坚韧的。还有我的那位老乡姚平，居然在20年前的1985年，与同样在那场大火中面容烧毁，双手手指全无，如今已成为国内知

名画家的哥哥宗泽一起，用大半年的时间，骑自行车跨越了大半个中国，写下了29万字的旅行笔记，拍摄了1 200多张祖国名胜古迹、风土人情相片，绘出了460多幅国画写生稿，用不屈的人生信念编织出了残疾人的青春梦、远足梦、强者梦和艺术梦！

记忆是一段一段的，它让我不停地回放着过去的岁月，使我不经意地想起了10年前一个被人赞颂和拥戴的奥运会轮椅竞速冠军当时的肺腑之言，她说："如果让我的生命重新来过，我只要一副健康的身体，别的我什么都不要。如果你们中间有谁愿意用自己的双腿与我交换我现在所得到的一切，我一定会毫不犹豫。可每个人的生命都没有返程票，既然没有如果，既然命运给了我不幸，那么我只有迎头痛击，哪怕100次跌倒，我也要101次爬起来，吼出生命的最强音！"

我不知道别人听到她的话是否会感动，但我是感动着的。我的眼里饱含泪水，我的心里涌动着春潮，我知道，一个弱小而残缺的生命能融入社会的大熔炉，是因为我们的生活中有着许许多多的二姐们！是他(她)促使我们摇着轮椅走向社会，带着微笑直面生活，学会用一颗灵慧而健康的心去发现和感悟生命过程中的真诚和善良。于是，才有了花开的声音，有了爱的感动，有了美的向往。于是，我才会再一次见证到生命的另一种美丽。

纯真年代，傻得可爱

羊　白

现在有部动画片，叫《天上掉下个猪八戒》，主题曲很好听：八戒、八戒，心肠不坏，八戒、八戒，傻得可爱！每次听见这旋律，我的心里就会笑起来，想起我纯真的学生时代……

我上初三时，喜欢上了班里的一个女孩叫秋萍。秋萍和我同村，她家在上村，我家在下村，住得虽然有些距离，但每次放学，我都会故意舍近求远，和她同路走，一帮同学说说笑笑，倒也没什么害羞的。

有天放学后，我故意慢下来等秋萍，不清楚她为什么迟迟不出来。校门口有棵大皂荚树，我怕同学们看出我的心思，便躲在树干背后。可，还是被眼尖的胡亮发现了。他扬着头意味深长地对我说："小子，你可得看紧了，有人要和你抢咧！"然后胡亮就诡笑着跑远了。

胡亮的话，我不认为完全是调侃。因为我隐隐感觉到，刘涛也喜欢秋萍，他经常接近她，给她送东西。刘涛的家在橘园镇上，爸爸妈妈都是镇上的干部，刘涛瘦高瘦高的，留着"郭富城"式帅气的发型，穿的也是买来的成品衣服，不像我们这些土老帽，布衣布裤，见识又少。刘涛虽然学习一般，却是班里公认的一个领袖，他的身边总是围着许多男同学，津津有味地听他谈论县城里诸多稀奇古怪的事情。而我长这么大，从来就没去过县城，连公共汽车都没坐过。

我唯一的优点，就是学习好，每次都能考全年级第一。可和刘涛比起来，我还是自卑。我不知道秋萍的心里是怎样想的。她究竟是喜欢我，还是刘涛呢？这个问题让我心神不宁，有一种不祥的预感。

我返身回到学校，教室里没有人。我又去厕所那边看了一下，依然不见秋萍。穿过教室东边的门洞，我看见秋萍正坐在花坪的台阶上，她的对面，赫然站着刘涛，他们在小声地说着什么。我一阵眩晕，有种碗掉在地上被摔碎的刺痛。

刘涛也同时看见了我，他喊我过去，说秋萍的手受伤了，他刚才去化学老师那里要了些棉纱，刚给秋萍包扎好。秋萍低着头，看着她的手，像是犯了什么错误似的，说真是不好意思，麻烦你们了，行了，咱们回家吧。

出了校门，刘涛家住在镇上，和我们是相反的方向，我们就分手了。

我的心顿时轻松下来。问秋萍的手究竟是怎么一回事？秋萍说，最后一节课上，她削铅笔，不小心割破了食指，用纸包着按着，却一直血流不止。刘涛和秋萍的座位靠得近，而我坐在教室的后排，发生这样的事，秋萍没有告诉我，帮助她的是刘涛，这让我的心里有些难过。

我问秋萍割得深吗？秋萍说不要紧，只是手指有些疼，握笔不方便，马上就期末考试了，可真是倒霉啊！

十指连心，我是知道的，看秋萍忧愁着急的样子，我的心里也不好受，想分担，却分担不上，只能说一些安慰的话，表示在学习上一定会帮助她。秋萍嘴角一收，对我嫣然一笑，不再说话，扭过头去看地里的麦苗。冬日的麦苗耷拉着脑袋，蔫蔫的，并没有什么生气，我感觉到了空气中有一丝尴尬的气氛，于是赶忙转移话题，和秋萍说起过年时一些热闹的事情。

兴许因为冬天吧，秋萍手上的伤好得很慢，两天过去了，伤口还没有结痂，而且隐隐作痛。秋萍说："这平时不觉得，一旦受伤，实在是不方便，不能见水，写字困难，拿东西都不利索……"言谈之中，听得出秋萍有些着急。我本想安慰她的，却不知说什么好了。因为听胡亮说，刘涛给秋萍买了云南白药，这让我羞愧，觉得自己只会动动嘴皮子，却为她干不了什么实事。

心情不好的时候，我喜欢看小说，以此来忘掉心中的烦闷。

下午的数学课上，老师开始期末复习，我自信掌握得不错，老师在黑板上讲题，我偷偷看武侠小说。书是从胡亮那里借来的，说好了下午放学就得

还，因此我一目十行，看得很潦草。

我正看得入迷，在绝世武功里斗来杀去，一串无关痛痒的文字，引起了我的注意。说的是一个侠客在山野里受伤，他把芦荟切片取汁液敷在伤口上，很快就愈合了。我迅速想到，芦荟有如此神奇的疗效，如果我也有芦荟，秋萍的手不是很快就可以好了吗？我像是发现了什么宝贝，心里好兴奋。接下来的时间，我一直在琢磨芦荟的事情。

当时农村生活艰苦，吃饭都紧张，根本没人养花养草。至于芦荟，我压根就没见过。我查字典，字典里有芦和荟，却是分开解释的。我问胡亮，他说他也不知道。不过胡亮告诉我，语文老师有一本大辞典，兴许里面有，可以查一查。

下课后，我去语文老师那里借来大辞典，一查，居然查到了，说芦荟有消炎的作用。而且，老师的大辞典里，还画有芦荟的简图。我心里大喜，像是看见了一道奇异的曙光。

可是，到哪里去找芦荟呢？

农村没有，学校好像也没有，那么，镇上有没有呢？我本想问问刘涛的，但这显然不合适，只会使事情败露，想想还是算了，自己亲自去找找吧。

下午一放学，我就南辕北辙地去了镇上。为了避开刘涛，我疯狂地跑了起来。半小时后，我跑到了镇上。先是在市场上转了转，又在有限的几家单位看了看，比如卫生所、供销社、乡政府，但似乎都没有芦荟。我好失望，却不甘心。继续在镇上游荡，眼睛像猎犬一样机警地搜寻着，心里喊着：芦荟，芦荟。期望有奇迹出现。

后来，我在791部队的家属院里，在一家二楼住户的阳台上，发现了一盆芦荟。我眼睛放光，就像是找到了传说中的灵芝和雪莲。而我目前，就是盗取仙草的战士，为了秋萍，必须想出办法，克服困难，把悬崖上的灵丹妙药弄到手。

登门讨要显然不可能。爬楼，虽不高，却不实际，大白天的，被人看见怎么办？

于是,一个念头在我心里冒了出来,那就等到天黑再行动。我去滑水河的河滩上弄来一根长树枝,又在树枝的顶端绑了一个夹子的结构。我打算用树枝把芦荟叶夹下来几片,神不知鬼不觉的,住户应该不会发现。

按理说,等住户熄灯睡觉后行动最安全。可我等不及呀,回村还有十几里的路,父母不见我一定会很着急。我看四周无人,便蹑手蹑脚地行动了。阳台上光线暗淡,看不太清,但这样让我稍微安心一些,我生怕住户会突然从屋里出来,因此尽量轻手轻脚,不发出声响。

我的计划基本可行,只是夹子有点软,要把柔软的芦荟叶子取下来并不容易。为了增加力量,我不得不旋转树枝,或是左右撬动。我取下来了两片叶子。取第三片时,由于撬动的力量过猛,把旁边的一个小花盆给碰了一下,只见一个黑影坠落下来,我本能地一躲,头躲过了,却"砰"的一声砸在了我的脚面上。我顾不上疼痛,扔掉树枝,落荒而逃。接着我听见阳台上传来一个声音:不好,有贼!

第二天,我一瘸一拐地去上学,秋萍问我怎么了,我谎称不小心摔了一跤,然后很神秘地向她展示了我偷来的两片芦荟叶,又绘声绘色地向她讲了武侠小说里的那个情节。

秋萍将信将疑,但还是按照我说的方法试了一下。

几天之后,秋萍的手好多了,纱布也去掉了。我甚是骄傲,坦白向她说出实情了。

可秋萍也坦白告诉我,那芦荟她用过一次就没用了,因为医生说了,芦荟不是药,只能起辅助作用,还是用云南白药可靠一些。

突然之间,我有了一种上当受骗的感觉。我一瘸一拐地向滑水河跑去。

秋萍从后面追上来,她从书包里掏出一张纸,不容分说地塞到了我的手里。然后她嘴角一弯,甜美地对我笑了一下,挥挥手,离去了。

等她走远,我展开纸条,上面写着:"谢谢你,谢谢你为我偷来的芦荟,我会永远记得。"

我的身体一阵痉挛,一股热流从胸膛升到了眼睛。

手摇花束的姑娘

羊 白

拉姆措和师傅邦德一路唱着歌来到贝加尔湖区时刚好是7月，那是一年中最美的时节。天蓝水蓝，绿油油的冷杉林在苍翠欲滴的草地上蜿蜒起伏，时而露出盛开鲜花的草甸，突起的峭壁和弯曲的河流。当然还有来自世界各地的游客。

他们安顿下来，在湖区进行了一个多月的表演。拉姆措十八岁，已经是第二次和师傅进行这样的流浪演出了。拉姆措和师傅头顶都有一根乌黑油亮的粗辫子，手拿马头琴，唱着悠扬苍凉的蒙古长调，让游客们好奇。尤其是中国游客，总以为他们是蒙古人，或满洲人，以为见了老乡，一开口，却是疙疙瘩瘩的布里亚特语。拉姆措羞怯地告诉翻译，他们是图瓦人。

翻译问邦德："图瓦人都留辫子吗？"

邦德摇头。

翻译说："以前大清留辫子，是一样的吗？"

邦德点头。

邦德五十多岁。扁平的阔脸眯缝着眼，看天上的云朵，像是在回忆中睡着了。

翻译又问拉姆措，喜欢辫子吗？拉姆措看一眼师傅，举头说："师傅说了，辫子代表灵魂。"

人们不再笑，让他们接着唱歌。给他们扔钱。

一个多月后，他们离开湖区，沿着安加拉河而去。

当地人说：有336条河汇入了贝加尔湖，流出的却只有安加拉河1条。

它携手叶尼塞河，奔纯洁的北冰洋而去。传说安加拉是贝加尔湖宠坏的女儿，与小伙子叶尼塞私奔了。

这个传说让拉姆措激动不已，他央求师傅教给他一些黄昏时唱的歌。

邦德总是摸摸他的头，意思他还小。

但邦德还是拉起马头琴，唱了一首黄昏的情歌。

拉姆措知道，师傅又想他的相好耶列娃了。

那是一个四十多岁的俄罗斯妇女，面色红润，身材魁梧。老实说，那个女人并不美，但拉姆措喜欢，觉得她就是一个热情的妈妈。

而让拉姆措牵挂的，其实是一位姑娘。

他不知道那姑娘的名字，但在无数的日子里老想起她的模样。

那天，师傅拿着马头琴，和耶列娃去桦树林幽会。拉姆措无所事事地沿着安加拉河走，走走停停，看水鸟掠河飞翔，看一丛一丛的野花摇摆着，伸长脖子察看她们水中的容颜。再往前，有一座突起的高崖，鹰嘴一样伸到了河边。而河对岸，有一条铁路划出一条长长的弧线，偶尔经过黑色的蒸汽机车。

拉姆措坐下来，猜想那车上运的是什么？往哪儿去？西伯利亚实在是太大了，大到常常会让人忍不住发呆。

正想着，又过来了一辆，像煮开的茶壶一样激情地喷吐着白雾，拉响嘹亮的汽笛。在那云朵般的缭绕里，拉姆措突然看见了一只胳膊，伸出车窗，正在向他招手。拉姆措激动，跳跃，准备放声歌唱。

可他同时感觉到了异样。回过头，挠脖子，看见了山崖上站着一位俄罗斯姑娘，身材修长，穿着一袭白色的碎花长裙，眺望着，左手高高地挥舞一束鲜花。

拉姆措明白了。他羡慕这姑娘，羡慕那个开火车的人。

拉姆措觉得自己有点多余，悄悄走开。

回过头。火车都消失了，那位漂亮的姑娘还站在山崖上，摇晃花束。拉姆措看着温柔的安加拉河，在心里默想：火车、汽笛、鲜花、姑娘，再加上山

崖、河流，以及这起伏着的空旷的原野……他肯定自己是目睹了一场伟大的爱情，而不是风花雪月的电影。

之后的几天，拉姆措每天都来这里。

火车还是那个火车，姑娘还是那个姑娘。然而花束，却有着不同的美丽，天天在变化：一会儿是圆筒粉花的风信子，一会儿是细碎微紫的马钱花，一会儿是橙色的秋萝，一会儿是菊花般的铁线莲。看来，她把这里能采的野花都采到了。她真是个幸福的姑娘！

拉姆措向耶列娃拐弯抹角地打听那姑娘的情况。耶列娃撇撇嘴，不以为然地说："她是个瘸子。"

"瘸子？她不天天站在山崖上手拿花束向火车挥舞吗？"

"是的。开火车的是她相好，当兵的。我见过他们在一起。军人，不一定哪天就走了。"耶列娃摇摇头，继续给邦德梳辫子。

瘸子。拉姆措不太相信这个事实。瘸子怎么会采到那么多不重样的漂亮花束呢？怎么能爬上那么高的山崖？

直到他和师傅离开的那天，他还看见那姑娘站在山崖上，手摇花束。她身体前倾胸脯高挺，左臂摇晃的样子就像是一面旗帜，深深印在了拉姆措的心里。一想到那位美丽的姑娘是个瘸子，拉姆措的心里就有些难受，忍不住要拉琴。因此这次一到，拉姆措就跑到山崖前，去看望那位不知名的姑娘。

一连几天，都不见姑娘的踪影。再看河对岸的铁轨上，已难觅黑色的货车，取而代之的是一列列鲜亮的绿皮客车。

拉姆措爬到山崖上，在一块青石上坐下来。他想，姑娘肯定曾在这块石头上坐过。现在，她去了哪里？那个火车司机去了哪里？

拉姆措站起来，河床里刮过来的风吹起他的长袍，使他看上去像一个陈旧的古人。

他准备下山。然而在另一个高起的石头上，他看见了一大片花束。只不过都已干瘪，变成了褐色，像一堆柴草。

拉姆措开始拉琴。拉了多长时间，连他自己都不清楚。

当邦德找到拉姆措，夕阳的辉光映在安加拉缓缓流动的水面上，仿佛金色的歌唱。

邦德吃惊地问："拉姆措，你拉的这是什么曲子？不是我教的！"

拉姆措把辫子甩开，仰头问："好听吗？"

邦德哈哈大笑，握住拉姆措的辫子说："拉姆措，你长大了。告诉我，叫什么曲子？"

拉姆措害羞地别过脸。他把一块石子扔进水里，对着那不断扩散着的轻漾的涟漪说："手摇花束的姑娘。"

生命里最初的感动

若 荷

在我六七岁的时候，家里曾经养过一只猫，那是母亲为给奶奶做伴找人要来的。那天我放学回家，发现身边多了一个奇怪的声音，仔细一看，原来是它，身体蜷曲着躺在奶奶的脚边，样子怯怯的。它长了一条长长的尾巴，浑身灰黄相间的斑纹，可爱极了。可是，它只在我家里待了一天，第二天就让后院的一个婶婶引走了。这不是故意的。那个婶婶的脚步刚在我们家的窗下响起，这只美丽的小猫听到动静后，两耳立即竖起，我们还没有缓过神来，它已箭一般地跃了出去，一下蹿到婶婶怀里，任奶奶千呼万唤，再也不肯下来了。

那个婶婶长得很秀气，短发，记得头上还拢了一个圆形的发夹，发夹的中间有一个粉色的圆点，走起路来柔柔的，像春风里摆动的杨柳。那只猫就是从她家里带来的。婶婶的家在农村，因为她的丈夫，所以能每隔一段时间来这里住几天。她和我母亲很投缘，每次见了面，仿佛都有说不完的知心话。提起她，母亲的眉心弯弯，眼睛里全是笑。她也是一脸快乐喜气的样子。她每次来，有时给我和妹妹捎来一对漂亮的小枕头，那可是乡下的稀罕物；有时是一些城里不多见的花生。她走时，母亲就让她带回一袋大米，母亲说这是礼尚往来。

婶婶姓什么我已经忘记了，只记得她是当了人家的后娘，过得十分委屈。她的长子，比她小不了几岁，小儿子才比她小 15 岁。她自己没有孩子，很年轻，她的丈夫，我们却要叫他伯伯，身材瘦高，看上去没有多少力气，头发都有些花白了。他们两个从不一起来我们家，自然是因为年龄悬殊太大，

怕人笑话吧。婶婶手很巧，在村子里工作做得也好，因此被推选为村里的妇女干部。乡里有会要开的时候，她必是匆匆赶到，先在我们家站上一站，给我一个拥抱，再去开那长长的会议。母亲说，她很喜欢我。究竟是因为什么喜欢，母亲和她在我面前抖了一个包袱。我心急时就追着问，没等母亲说，婶婶自己先将包袱抖开了，说我是她的亲生女儿，因为小时候怕家里穷养不起，才给了我母亲，我一下子就信了。从此我记住，我是她的女儿，我开始很爱很爱她，学她走路，学她说话，学她温柔地对人和气地笑着的样子。每当她来，我都想跟了她去，哪怕看看家里的小花猫也好。

那时的小花猫，已经习惯在我们家住了，奶奶拿它像宝贝一样地疼着，喜欢得不得了，给它起名叫花花。花花虽然和我是一家，可是不听我的话。我比它听话，可是母亲总说我调皮着呢！有一次，我挨了父亲的打，婶婶知道了就生母亲的气，我看到她，就想让她带我去她家里，我说不想待在现在这个家里了，这里不是我的家。母亲哭了，问我哪里是我的家？我说我是婶婶的女儿啊，她家才是我的家。婶婶落泪了，一把抱起我，紧紧地搂着。然而不久后，婶婶又开始喜欢我妹妹了，这一次，妹妹比我还要坚决，5 岁的她自己弄了一个小包裹，坚决要随婶婶回家去，这下把母亲吓坏了，母亲从此再也不敢和我们开这样的玩笑了。在我们的心目中，婶婶的确是比母亲的样子亲切得多。

婶婶也有苦恼的时候，我们不在的时候，她经常和母亲聊天，说着说着就泪水涟涟的，劝都劝不住。她说她的儿子们尽管不是亲生的，但是在 3 个儿子中，小儿子是她看着长大的，也是她最疼的。那一年，她嫁给伯伯的时候，那个小儿子还小，才 5 岁的孩子，头发长得像女孩一样长，乱哄哄地披着，里面藏满了虱子，她又是剪，又是找人兑草药，一遍遍地擦洗，才没有再发展下去。她的神情很安详，说话时的语速很慢，声音很好听。每当听她诉说，我们都在一旁静静地待着，母亲陪她唏嘘着，冷不丁回头抹一下眼角。经常看到她用娴熟的动作替伯伯做饭，缝补衣裳。一双灵巧的手，到很远的一个缝纫店里找来布头、布边，眨眼间就为她的小儿子做出一条很合适的裤子。

就这么一年一年过去了，婶婶从如花的年龄，不知不觉就老了，她的儿子们也都已经先后结婚、生子。在这期间，她经历了给儿子们娶妻、分家，持久的家庭大战，"儿媳妇最爱好的是这个"。为躲避清闲，伯伯有时也带他到城里来，静静地住上几天，和我母亲一起做做手边的家务活，缝缝补补，日子过得很平淡。15岁的时候，我出外就读，后来结婚，更很少见她，这时候，她家里那个伯伯也已经退休，她随伯伯又一同回老家去了。回到老家的日子过得并不如意，儿子们经常因为家事和伯伯闹，婶婶明里不敢多说什么，背后也劝不了，只好一个人凄凉地抹泪。有一次家里再次爆发了大战，她对儿子媳妇们一应百诺，渐渐地，伯伯开始不理解她，与她发生了激烈争吵，婶婶一时想不开选择了跳河自杀。她跳的那条河水很深，唯她跳下去的那个位置水浅些，在好多人的急救下，把已经浑身僵硬的她从水里捞了出来。她却没有死去，又缓了过来。

20世纪90年代伯伯过世，家里已经是一贫如洗了。儿子们大概觉得这个家已经滑向没落，再没什么可得的，便对她越发冷漠。最近的几年，她一直是一个人过日子，等她去世的时候，儿子们没有一个在哭，更看不出悲伤，只是把棺木做得很好。安葬她的时辰终于到了，灵柩上路的时候，按照当地的风俗，长子要摔老盆的，可是老大却没有动，次子见了，终于什么也不讲，上前去把老盆猛地端起，颤抖着摔在地下，随即捧脸呜咽大哭了起来。在场的许多人都哭了。

我记得婶婶曾经和我母亲说过，到她老的时候，大概都没有儿子摔老盆了。而那天，婶婶终于如愿下葬，永远安息了。

我去过婶婶的那个小村子，去过那片安葬婶婶的青草地，去那里本是为了踏青，却看到了伯伯和婶婶的坟。婶婶的坟与伯伯的坟相比较，很小很小。伯伯的坟前有一块碑，上面刻的除了他，还有另一个女人的名字，我后来才明白，那个女人就是婶婶经常提起的儿子们的亲生母亲。原来她早就知道，那个位置，不是她的，所以还曾经面对母亲伤感过。

她就这样度过了一生，终年65岁。

很少有人在乎她是怎样度过了这一生,然而对于那天婶婶下葬时她儿子的痛哭,全村人都觉得奇怪,几乎全部的村人心里都产生了一个问号,那么冷淡的儿子,为什么哭?只有我母亲说得好,她说,世界上,没有一个人是不懂感情的,只要他不是铁打的,他的心里就一定有一个地方是柔软的,是知道疼的。但看到养育了他一生的母亲就这样去了,他一定是想起了许多,他的童年也是一步步过来的,有与养母一起的快乐,有欢笑,有别人眼睛里看不到的关怀与深情。她给予他的关怀与爱,只有他知道。所以,就在他摔盆的那一刹那,那些所有的记忆,一下将他心底最柔软的部分唤醒了,所以,他才悲伤地痛哭。母亲说,这是因为每一个生命里都会有感动。

写到这里,终于记起了,婶婶姓张,确切地说,这并不是她自己的姓,而是伯伯的姓。她从来没有对我们说过她自己到底姓什么。母亲一定是知道的,因为她也是妇女干部,她们一同开过会。但是大家不问,她也就没有提起过。

还记得婶婶年轻时的模样。她的姿态,她的容颜,以及她的声音都在我脑海里记忆犹新。在这温暖春天的阳光午后,我经常回忆起岁月里的某些人与事物,哪怕是一件很小的事物,回忆这些,就像我们在冬天里幻想与春天有关的所有事物一样,每每倍感温馨与忧愁。生活的磨砺,教会了我对生命的珍惜,我由此懂得了爱,爱一切的生命,爱美好的事物。我记住了母亲的话:每一个生命都是有感情的,只要他经历过,只要人间还有爱,他便会因生命里最初的那份美好记忆而感动。

爱,是不会被忘记的,不是心怀感恩,就是灵魂受到良心的鞭打!

乡居的日子

若 荷

终于到了金秋时节，不须出门，就仿佛感受到一股特有的气氛活跃在山野。是庄稼收割之后，结束了一个又一个汗雨滂沱的日子，那些种田的乡邻，暂且搁下所有的劳作与渴求，于小院里、瓜架下，支一石台当桌，搭一木板做凳，温好一壶家乡酒，盛取半碟豆豉菜，独斟慢饮，全当劳作后的休整。农事艰辛，他们该播撒的种子已经播撒，该收获的稻黍也已归仓，因收获而幸福喜悦着的一颗心也渐平息下来，享受着心潮澎湃之后的那份宁静。

收割过后的田野里，总要遗落下些许的粮食颗粒、秫秸麦茬，于是就忙了拾荒的人们。这些人群当中，多是柔弱妇女或老人。庄稼收割的时候，他们为新割的庄稼扎捆打垛，土地耕耘的时候，他们走在犁后为土地施肥，春来播种的时候，他们为亲人送去解渴的茶水。如今，他们或挎一大的柳篮，或拎一小的布袋，三五成群，迈着深深浅浅的步子，沿着阡陌的小路进入裸露的田垄，躬着腰，俯着首，在新收割的田间地头游移。他们用期待的目光，逡巡着地面遗落的每一粒米，每一颗豆，每一穗可搓出粮食来的稻黍。一粒又一粒，渐积渐多。待柳篮里捡满了麦穗，布袋里盛满了豆粒，肩头上背起小山般的柴草，心中便盈满了喜悦，纵然额角挂着汗珠，臂弯压得酸疼，心头仍洋溢着收获的满足，脸上仍闪现着粲然的甜笑。

邻家有位踮着小脚，梳着花白发髻的老人，便在这个收获的季节里，不论天气多么寒冷、炎热，或阴雨无常，仍坚持每日拾荒。她不挎柳篮，也不背布袋，只执一只有些年岁的小瓢，就像往常串门给邻家送一碗米粉一样，欣然愉悦地端在手上，郑重地朝田野走去，仿佛是去完成一件神圣的事情。傍

晚归来，仍是端着那只半满的水瓢，臂弯里挟着一捧顺手捡拾的柴草。一年四季，她的小院的台阶上都晾晒着拾荒积累的麦粒、大豆和瓜干，她的清淡的三餐里必有拾荒所得的米粮。她以水清洗大豆，再以石磨磨成豆粉，和上剁细的野荠菜，细火煮成一锅青白相间的豆沫。尽管隔着矮墙，香味依然横空漫溢过来，菜香豆香浑然一体，诱惑着人的食欲。不久，一阵瓢勺叮当作响，听见她家的柴门吱地轻唱，原是她捧着那只热气腾腾的小瓢，踮着小脚，步履飘摇地走到我家来，老远喊着："萌子，吃豆沫来……"

那时，我家住在小镇机关大院尽头，院墙有一侧小的木门，门外以南紧挨着老人居住的几间草房。一截石墙，半架柴门合而形成一个寂静的院落。天井里，沿墙搭起一溜简陋的棚架，每年，她都要在棚架下种上十几墩扁豆、丝瓜和南瓜。春天，嫩绿的幼苗从土里钻出，不经意间枝蔓已伸展着攀上架顶；夏天，各色花朵争相开放。扁豆花淡紫的花瓣宛若敛翅栖息的夹蝶，而南瓜花和丝瓜花犹如一朵朵金色的喇叭，抬眼望去，是一片金霞般的灿烂。那一刻，总有一缕浓浓的乡情从低矮的茅屋柴门里漫溢出来，从阳光下绚丽开放的花瓣里生长出来，绽放在我的心头。

老人寡居多年，独自一人抚育四个儿女长大并操持全家，生活的清苦自不必说。因为各种原因，儿女们都在外地工作或生活，很少有机会探家，就是回来，也是静悄悄的，从不惊动四邻。一年到尾，老人都是由队里照顾着。由于寂寞，她经常到我们家来，和母亲讲她的家事，她夸母亲性情好，细数我曾帮她背过几次柴，担过几次水，怎样把长长的头发剪下蓄在她薄薄的发髻里。母亲先只微笑地听着，后来居然被感动了，因此常希望老人到我家来，或在她身体不适时过去照顾她。正是凭着这些交流，母亲在乡间的人情逐渐厚实起来。

"萌子来！"她常隔着院墙这样喊我。其实我不叫"萌子"，父亲母亲都叫我敏子，哥哥姐姐们也是，老人耳背，是她听走音了。依然这样地叫我"萌子"，为的是携我同去拾荒，她把我当成拾荒的忘年伙伴。在那个年代的乡下，粮食短缺，野菜野果当干粮是农家平常事，拾荒为的是补贴生活，尤其对于日子过得清苦的老人。

小时候，我其实并不喜欢拾荒。但看到小孩子们去了，大人们去了，老人们也因此而去，就耐不住寂寞，于是，挎一只小篮，也要去了。毕竟，拾荒是一分收获，任何人都会因收获而快乐着。拾荒，也是一种乐趣，是让生命接近田野的一种方式：天广地阔，太阳是金色的，放射着光芒而且鲜艳；土地是黑色的肥沃，长满绿的草坪和鲜花；有小鸟在云朵里穿梭飞翔着，蚂蚱在沾着露珠的草尖上倏然飞落，空气里弥漫着庄稼茬甜甜的气息……那一刻，田园意趣便诗情般簇生出来，少年的心便飘荡起来，浓烈的乡情令我无端地感动着。

几年以后，我参加工作来到城里，再回去，老人已被远在异乡的儿子接去安享晚年了，隔壁的柴门已尘封了许久。时光如水，它对生命一往情深，却又流动不居，眼看额角的皱纹渐密，枯杈的黑发渐渐飘扬不起，才忽然想起，属于我的生命之水，润泽着生命的同时也流失殆尽，岁月就这样匆忙而又慷慨地逝去，不容挽留。几千个日子整行整页地翻过去，蓦然回首，在那美丽而令人伤怀的田垄旁，也早已不见了那个挽着竹篮的女孩。

乡居，是我人生的始出地，十分怀念逝去的日子，因此常在这样的季节，挣脱了令人烦心的凡尘俗事，迎着傍晚夕照的斜阳，漫步在郊外乡村的田埂。我记起从前那位拾荒老人，斗转星移，日月如梭，老人今可安在？想起她对三餐的满足，想起她对任何一种收获的欣喜与渴望。当春风吹绿秧苗，汗水濡湿土地的时候，她深知自己付出的劳动和心血有多么深重，因而她珍惜每一粒米，每一颗豆。她教不辨菽麦的我学会了简单的田间劳动；她教我懂得珍惜粮食，热爱生活，更热爱我们这片创造富庶而又孕育生命的土地。她是故乡的黄土地上优秀的女儿，是蘸着生命的汗水抒写丰收之歌的耕耘者的母亲！

而今，我已长成，知道秋天熟稔的炊烟先从哪里升起，知道贫瘠的田园怎样妩媚成一片灿烂的金黄。回望山野，陌生的田垄里觅不到一个拾荒者，富足了的人们已不再拾荒，我孤独无伴，唯有怀着对土地的虔诚和对耕耘者

的尊敬，在这落叶飘零的季节里，星月寂静的深夜，记取悠悠岁月里的一段往事。而每当这个时候，我童年记忆里的那些秋天，便带了一种苦涩，一种香甜，不可抗拒地透过脚下的土地，至心，至肺，自灵魂深处慢慢浮升起来，在我的笔下四处弥漫。不是故乡，姑且把它当作故乡吧，因而站在它的上面，直起腰板，或扬起头颅，总觉脚下这片厚重的土地，就是教我面朝故乡的地方。千里明月，寄一缕相思，所谓乡愁，也不过是把平时无法消解的情绪，渐深渐浓地，在这一时刻聚拢。

藏在信里的天使

汪　洋

坐在操场边的石阶上，上高一的里尔一脸落寞。操场上，和他年龄相仿的同学正进行着各项体育活动，里尔很想加入他们，然而他不敢。由于从小多病，里尔在全班个子最矮，身体最弱。每次班上进行体能测评，他都无一例外排在最后，甚至连女生也赶不上。班上最调皮的加特，常毫不顾忌地大喊里尔“小矮人”。

每每听到“小矮人”的外号，里尔心里都怒火燃烧，他真想冲上去，狠揍可恶的加特一顿。然而，加特比他足足高一个脑袋，身体非常强壮，他如果真要去揍加特，无疑是自取其辱。伤心时，里尔总渴望有位可爱的天使突然出现在他眼前，用溢满快乐的眼睛看着他说：“里尔，你是个勇敢的男孩，我陪你玩吧！”其实，里尔很喜欢体育活动，特别对足球情有独钟，尽管无人找他踢球，他依旧悄悄练习着。

这时，加特冲到了他面前，斜着眼睛看着他说：“小矮人，怎么又在发呆啊？”里尔知道，如果回答加特，迎来的将是更恶劣的讽刺，他只能一动不动地坐着，眼泪在眼眶里打转。加特转身跑开后，里尔的眼泪再也忍不住流了出来，他强烈地渴望能有天使来到身边。奇迹出现了，他耳边响起了悦耳的问话声：“亲爱的里尔，你怎么一个人在这里啊？”

来不及擦干眼泪，里尔迅速地回过头，出现在他面前的并非长翅膀的天使，而是上个月新来的语言教师玛丽。里尔心里满是失望，他摇着头说：“没什么，刚才一粒沙子进了眼睛。”说完，里尔就赶紧跑开了，他不想让任何人知道自己的自卑，因此拼命保护着内心残存的小小自尊。

望着里尔远去的单薄身体，玛丽陷入了深思。通过连日的观察，她已经对里尔的遭遇有所了解。刚才她远远看到加特出现在里尔面前，就知道发生了什么，所以才急急赶过来。虽然她知道实情，但却没有点破，她思考着怎样才能帮助里尔走出眼前的落寞孤独，并且还要顾及他脆弱的心灵。

几天后，玛丽老师在全班布置了一个作文，要求孩子们写出内心的渴望。作文交上来后，玛丽老师最先把里尔的作文拿了出来。里尔的渴望似乎匪夷所思，他一心期盼有位可爱的天使出现在他的生活中，和他一起玩耍，这样他就不会孤单一个人了，也不会没有人欣赏了……

随后，玛丽老师找到在当地晚报的编辑朋友，请求把里尔的作文发表在晚报上，并强调这很重要，是在拯救一个孩子的未来。看到自己的文章发表在了报纸上，里尔非常高兴。更让他高兴的是，在文章发表后几天，他竟然收到了一封来信。信封是手工做的，右下角画有一轮明媚的太阳和鲜艳的小花，在花朵和太阳之间是一个张开翅膀的小天使，小天使面带微笑……

里尔被这幅画深深地迷住了。他轻轻打开了信封，信纸散发着太阳花的清香。里尔眯着眼睛，慢慢地读着信纸上优美的语言：

里尔，你是个很有气质的男孩，不像其他男孩那样自以为是。你的身上有很多人的优秀之处，比如你的学习成绩好，作文写得好……不要问我是谁，我是一个很久以来一直默默关注你的女孩。我很害羞，你身上散发出来的优秀气质令我不敢靠近你，但我愿意在今后的日子里一直给你写信，向你抒发我内心对你的赞扬钦佩之情……

这封突如其来的信，升腾起里尔内心巨大的热望。他一直期待天使能降临人间，因为只有无所不知的天使才能明白他的心。令他没想到的是，天使居然真的出现了，而这个天使就藏在信里。

随后的日子里，每隔几天，里尔都会收到一封来信。在这些信里，总是写满了对里尔的赞美，甚至还有几分崇拜。慢慢地，里尔从自卑的世界里蓦然醒来：我原来是这样优秀啊！想到这，脸上一贯阴郁的他开始展现出微笑，并且主动接近班上的同学。如此一来，里尔发现，其实班上除了加特等几个自以为是的家伙外，大多数同学都很友善，并没有排斥他。这时，里尔才发现，原来不是同学们在拒绝他，而是自己一直在拒绝别人。

在和同学的密切接触中，里尔内心也越来越阳光，越来越自信。以前从不敢在体育场上露面的他，大胆地走到了球场中心。以前偷偷练习的出色球技，让里尔在操场上赢得了一片赞誉。在和同学玩乐的过程中，里尔细心地寻找着藏在信里的天使，然而天使似乎无所不在，却又总不见踪迹。

就在里尔越发自信时，天使来信却突然消失了。尽管里尔有些遗憾，却不再落寞。以后的岁月里，里尔自信地成长着，多年后，他成了远近闻名的专栏作家。可那“藏在信里的天使”，里尔一直没能找到，天使成了他心中一个美丽的谜。里尔还问过以前曾是他同学的妻子，她是不是天使的制造者，妻子茫然的神色让里尔知道天使另有其人。

尽管一直无法知道天使是谁，他心里对她依旧充满无限感激，如果没有那些赞誉的信，也许他现在什么都不是……

对过去感慨不已的里尔，想起那些激励自己的信，忍不住在专栏里写下了一篇《藏在信里的天使》。里尔发表的文章，刚好被玛丽老师看到了。回想起多年前，自己给一个叫里尔的男孩写崇拜之信的经历，玛丽老师开心不已。